L'ÉTRANGER

異鄉人

卡繆 著　邱瑞鑾 譯

ALBERT CAMUS

目錄

第一部

1

今天，媽媽死了。也許是昨天，我不知道。我收到養老院的電報：「母歿。明日葬。致哀。」這並不表示什麼。說不定是昨天。

養老院在馬倫哥，離阿爾及爾八十公里。[1]我會搭兩點的巴士，下

1 編註：馬倫哥（Marengo）為現今北非阿爾及利亞人民民主共和國（Algeria）北部的城鎮哈德約特（Hadjout）；阿爾及爾（Alger）為阿爾及利亞的首都。

午就會到了。這樣，我就能守靈，明天晚上回家。我跟老闆請了兩天假，這樣的理由，他不能不准假。但他看起來不太高興。我跟他說：「這不是我的錯。」他沒答腔。我心想，不該這麼跟他說的。總之，我沒什麼好抱歉的。反倒是他應該慰問我。不過後天他一看到我服喪，可能就會這麼做了。在這個時候，有點像是媽媽還沒死。下葬以後，這件事就算了結了，這一切會顯得比較正式。

我搭的是兩點的巴士。天氣熱得很。我中午照例去塞勒斯特的餐館吃飯，他們每個人都為我難過，塞勒斯特對我說：「母親只有一個。」我離開時，他們全都送我到門口。我有點昏，因為還得上樓到艾曼紐爾那裡，跟他借黑領帶和臂紗。他叔叔在幾個月前死了。

我跑著去趕車，免得誤了班次。大概是因為又是匆忙、又是奔跑，再加上車子顛簸、汽油味、路面的熱氣，還有天光的反射，弄得我昏沉沉的。我幾乎一整路都在睡。醒來時，身子緊靠著一位軍人，他對我笑了笑，問我是不是從遠地來。我只簡短的應了聲「是」，避免交談下去。

養老院離鎮上兩公里。我一路走過去。到了之後，我想立刻去看媽媽。但是門房跟我說，必須先和院長見個面。院長正忙著，我等了一會兒。等待的時候，門房也一直跟我說著話，後來，我見到了院長。他在他的辦公室接待了我。院長是個小老頭，佩戴著榮譽軍團勳章。他用清澈的眼睛看著我。然後握著我的手，久久不放，讓我不知道怎麼把手抽回來。他看了一份資料，對我說：「默爾索太太是三年前來到這裡的。

您是她唯一的支柱。」[2]我以為他在責怪我什麼，不禁辯白起來。但他打斷了我：「親愛的孩子，您沒有必要說明。我看了您母親的資料。您無力供養她的。您母親必須有人看護。但您薪水也不高。不過，畢竟，她在這裡比較快樂。」我說：「是的，院長。」他又加了一句：「您知道，她有朋友，和她年齡相近。他們對過去的事有共同的興趣，可以彼

2 譯註：目前法國日常生活中仍然普遍區分「你」和「您」。其實他們還是個非常講究階級的國家。「您」是敬語，在日常生活中應用非常廣泛，主要是為區分階級、與親疏。一般教授和學生之間、醫生和病人之間，或是不熟悉的人之間也是用「您」稱呼，幾乎只有家人、朋友會用「你」，大部分時候都是「您」。如果在街上和人搭訕，一開始就用「你」稱呼對方，是會引對方不快的，因為這表示對對方不尊重，甚至輕蔑。現在是如此，在「異鄉人」中的四〇年代想必對「您」的使用只會更嚴格。所以在書中，有兩處敘述者特別強調了對方用「你」稱呼自己，一是雷蒙（見本書第一部第3章），二是預審法官（見第二部）。雷蒙是為拉近兩人的距離，還稱他為「哥兒們」，預審法官則是在情緒激動下的反應。

此分享。您年紀輕，她和您在一起會很無聊的。」

的確。媽媽住在家裡時，整天只是用眼神尾隨著我，默不作聲。她到養老院的頭幾天還常常哭。但這是習慣問題。幾個月過後，如果要把她帶離養老院，她也會哭的。這一樣是習慣問題。有點是因為這個原因，最後這一年我幾乎沒來看她。也因為這樣會占用我的星期日──更別提還得花力氣到巴士站、買票、坐兩個小時的車。

院長還繼續對我說了些話。但我沒怎麼聽進去。然後，他又對我說：「我想您會想要看看您母親。」我站了起來，什麼也沒說。院長領著我走出了辦公室。在樓梯上，他向我解釋：「我們把她安置在小太平間裡，免得其他人情緒受影響。每逢有院友過世，其他人就會兩、三天心緒不寧，這會造成工作人員的困擾。」我們走過一個院子，有許多老人在那兒，三三兩兩聚著聊天。我們經過時，他們就全噤了口。我們一走過，身後就又響起了交談聲。那聲音真像是鸚鵡唧唧呱呱個不停。來到一棟小型建築物門前，院長向我告辭：「默爾索先生，我先走一步。有事請到辦公室找我。原則上，葬禮是敲定早上十點。我們想這樣您就可以為亡者守靈了。還有，您母親似乎常向同伴表示希望依照宗教儀式舉行葬禮。我已經安排好一切，不過還是知會您一聲。」我向院長道了謝。其實，媽媽雖然不是無神論者，但她生前從沒想過信仰的事。

我走了進去。這是一間明亮的大廳，白石灰牆，玻璃屋頂。裡面擺著幾張椅子，和幾個X形的托架。在大廳中央，兩個托架上承放著一具棺木，棺木的封蓋是闔上的。只見發亮的螺絲釘稍稍旋了進去，襯著深褐色的棺木看得特別清楚。一旁，有個阿拉伯護士，穿著白色罩衫，包著顏色鮮豔的頭巾。

這個時候，門房跟在我身後進來了。想必他是跑來的。他上氣不接下氣的的說：「棺蓋蓋上了。我拿開螺絲釘，好讓您看看她。」門房走近棺木時，我攔住了他。他對我說：「您不看看嗎？」我回答他：「不了。」門房頓時僵住了，這讓我很尷尬，因為我覺得自己不該這麼說。過了一會兒，門房看了看我，問我：「為什麼？」不過語氣不帶一絲譴責，好像只是想弄明白。我說：「我不知道。」然後，門房捻了捻自己的白鬍子，也沒有看我，只說：「我瞭解。」門房有著漂亮的淡藍色雙眼，氣色還算紅潤。他遞了一張椅子給我，自己坐在我後面一點的地方。護士站起來，往出口走去。這時候，門房對我說：「她長了個爛瘡。」我不太明白他要說什麼，就瞧著護士。護士的臉上，從眼睛以下，前前後後都纏滿了布條。連鼻子上的布條看起來都是平的。她臉上只看得見雪白的布條。

護士出去之後，門房說：「那我就先走了。」我不知道自己做了什麼手勢，結果讓他留了下來，仍然站在我的背後。背後有個人其實讓我很不自在。傍晚絢麗的陽光充盈著整個大廳。兩隻大胡蜂就著玻璃屋頂嗡嗡鳴叫著。這時我有了睡意。我沒轉身，便背對著門房問他：「您在這兒多久了？」他很快就回我：「五年。」好像早就在等著我問他。

接著他喋喋不休地說了許多：如果當年有人跟他說，他最終會在馬倫哥的養老院裡當門房，他一定不會相信。他那時候六十四歲，還是巴黎人。一聽到這裡，我打斷了他：「喔！您不是這兒的人？」這時我才想到在他帶我去院長辦公室之前，他跟我提起媽媽。他說要快點下葬，因為平原天氣燠熱，尤其是這個地方。他之前也跟我說到他曾經住過巴黎，他忘不了巴黎。在那裡，靈柩可以停放三天，有時候四天。但在這裡，可沒那個時間，還沒接受死亡的事實，就得跟著靈車去下葬了。這時門房的太太說話了：「別說了，這種事怎麼好拿來跟先生說。」老頭子臉紅了，道著歉。我連聲說：「不要緊。不要緊。」我覺得他說得有道理，又有意思。

在這個小太平間裡，門房跟我說，他是以窮人的身份住進養老院的。因為他身體硬朗，就向院方提議由他來擔任門房。當我指出他也算是院友時。他說他可不是。我之前就注意到，門房在提到院友時，總是說「他們」、「其他人」，偶爾會說「老人」，其中有些人年紀還沒他大。不過，他和他們當然不同。他是門房，某種程度來說，他有權利管他們。

護士在這時候進來了。天色忽然暗下來。玻璃屋頂上很快就是一片漆黑的夜。門房扭開電燈開關，乍亮的光線扎得我眼睛睜不開。他請我到食堂去用晚餐，但我不餓。他說可以幫我端來一杯咖啡牛奶。我很喜歡咖啡牛奶，就接受了，不一會兒他就端著餐盤回來了。喝了咖啡，這時我好想抽根菸。但是我猶豫了一下，因為我不知道能不能在媽面前這麼做。我想了想，覺得這一點都不重要。我給了門房一根菸，然後我們抽了起來。

過一會兒，門房對我說：「您知道，您母親有幾個朋友也會來守靈。這是慣例。我得去搬幾張椅子，還要準備黑咖啡。」我問他能不能關掉一盞燈。照在白牆上的光線讓我疲倦。他跟我說沒辦法。這燈就是這麼設計的：要嘛全亮，要嘛全不亮。我不再怎麼留意門房了。他出去，又回來，擺好椅子。他在一張椅子上圍著咖啡壺放了一疊杯子。然後他在媽媽的另一頭，和我面對面坐下。護士也坐在大廳後面，背對著我。我看不出來她在做什麼，不過從她手部的動作看，我猜是在打毛線。大廳裡很暖和，咖啡暖了我的身子，夜色和花朵的氣味從打開的門裡透進來。我想我有點打瞌睡了。

一陣窸窣聲把我吵醒。再睜開眼，大廳看來更是白得發亮。眼前，連一點陰影也沒有，每樣物品、每個角落、每個曲線都顯得純粹而刺眼。就在這時候，媽媽的朋友進了大廳。他們總共十來個，都靜悄悄地走入這令人目眩的燈光裡。他們坐下來，沒有一張椅子發出嘎吱聲。我仔細端詳他們，把他們臉上、衣服上的細節看得一清二楚，然而我聽不見他們發出任何聲響。我差一點以為這都是幻覺。女人幾乎都穿著圍裙，繫在腰上的帶子讓她們的肚子鼓了起來。我從沒注意到老太太的肚子會這麼大。男人則幾乎都很瘦，一律拄著拐杖。讓我吃驚的是，我看不見他們臉上的眼睛，只見到擠在皺紋中的一道黯淡微光。他們坐下來以後大多都看著我，並侷促地點了點頭，他們的嘴唇全縮進了沒有牙齒的嘴巴裡，我不知道這動作是在向我致意，或者只是肌肉不隨意的抽動。我想比較像是向我致意吧。就在這個時候，我發現他們全都圍在門房左右，坐在我對面，微微晃著腦袋。我忽然有一種可笑的感覺，認為他們之所以在這兒是為了審判我。

不久，其中一個女人哭了起來。她坐在第二排，被她的同伴擋住，我看不太清楚。她抽抽噎噎地小聲哭著，我感覺她再也不會停。其他人彷彿沒聽見。他們消沉、沮喪、悄然無聲，或是看著棺木、或是看著拐杖、或是看著別的，他們都只盯著一樣東西看。那個女人還在哭。我很訝異，因為我並不認識她。我真希望她別再哭了，不過我不敢去跟她說。門房彎下身子跟她說話，但她搖搖頭，嘟噥了一句什麼，繼續一抽一噎地哭著。門房這時來到我身邊，在我一旁坐下來。過了好一會兒，他眼睛望著別的地方，告訴我：「她和您母親很要好。她說，您母親是她在這兒唯一的朋友，現在她再也沒伴了。」

我們就這樣坐了好一陣子。那個女人的嘆息和嗚咽漸漸平息。她持續用鼻子抽噎了一會兒，終於安靜下來。我睡意全消，只覺得又疲倦，腰又疼。此刻，讓我難以忍受的是這些人竟又都鴉雀無聲了。只偶爾會聽見一種不知道是怎麼回事的奇異聲響。聽的時間一久，我終於意識到那是幾個老人吸吮著兩頰，發出的奇怪的嘖嘖聲。他們完全陷入自己的思緒裡，沒發現自己正咂著嘴。我甚至覺得，躺在中間的這個死者，對他們來說並沒有意義。不過現在我相信那個印象是錯誤的了。

我們每個人都喝了門房端來的咖啡。接下來的事，我就不知道了。夜晚過去了。我還記得有時我睜開眼睛，看見這些老人都躬著身子睡覺，除了其中一個老人兩手緊緊抓著拐杖不放，下巴撐在手背上，他盯著我看，好像在等我醒來。然後，我又睡著了。我因為腰越來越疼而醒了過來。天光照亮了玻璃屋頂。不久，一個老人醒了，一直咳嗽。他把痰吐在一條方格子的大手帕裡，每一口痰都咳得撕心裂肺。他吵醒了其他人，門房告訴他們該走了。老人們一一起身。他們歷經一整夜不舒服的守靈，個個面如死灰。老人們在離開時，我很驚訝他們每個人都過來和我握手——就好像雖然沒有交談過一句話，但經過這一夜，我們之間變親密了。

我很疲倦了。門房帶著我到他那裡，我梳洗了一番，又喝了咖啡牛奶，真好喝。我走到室外，天色已經大亮。在馬倫哥和大海之間橫亙著丘陵，丘陵之上的天空染上紅暈。從丘陵上吹過來的風帶著一點海鹽的味道。看來今天會是個好天氣。我已經很久沒到鄉間了，要不是因為媽，我會樂得去散散步。

然而，我卻在庭院裡的一棵梧桐樹下等候著。呼吸著新鮮泥土香，再也沒有睡意。我想到了辦公室的同事。這個時間正是他們起床準備上班的時候。對我來說，這個時間也是一天中最難熬的一刻。我又想了一會兒這些事，但是建築物裡傳來的鐘聲讓我分了心。窗戶後面一陣騷亂，然後又平靜下來。太陽往上爬升了一點。我的腳被曬得有點熱了。門房走到院子裡來，說院長要見我。我到院長的辦公室去，他讓我簽了幾份文件。我看他穿著黑衣和條紋長褲，手握電話，對我說：「葬儀社的人已經到了一會兒。我請他們來蓋棺。在這之前，您要再看您母親最後一眼嗎？」我說不必了。他對著電話壓低聲音吩咐道：「費賈克，告訴他們，可以了。」

接著院長說自己也會去送葬，我向他致謝。他坐在辦公桌後面，交叉著兩截短短的腿。他表示，到時候葬禮只有我和他，還有一名值班護士。原則上，院友是不能參加葬禮的。他只讓院友們守靈，他表示：「這是顧及人情。」但是這一次，他們應允了媽媽的一位老朋友托馬·培賀茲來送殯。說到這裡，院長笑了。他對我說：「您知道，他們之間的感情有點孩子氣。不過他和您母親幾乎是形影不離。在養老院裡，大家都開他們玩笑，對培賀茲說：『她是您的未婚妻。』培賀茲總是笑。這也讓他們倆很開心。問題是默爾索太太的死讓他很傷心。我想我不應該拒絕他隨行。不過我聽了醫生的建議，昨夜沒讓他守靈。」

我們兩人沉默良久。院長起身，往窗外觀望。過了一會兒，他說：「馬倫哥的神父來了。他提早到了。」院長事先告訴我，到村子裡的教堂至少要走四十五分鐘的路。我們下了樓。神父和兩名唱詩班的孩子等在建築物前，其中一個孩子手提吊爐，神父彎下腰去調整吊爐上銀鍊子的長短。我們走到門口時，神父已經直起腰。他叫我「我的孩子」，跟我說了幾句話。神父走進屋裡，我也跟著他進去了。

我一眼就看見棺木上的螺絲釘已經鎖進去，一旁有四位穿黑衣的男人。同時，我聽見院長對我說，車子已經等在路上，神父也開始祈禱了。從這時候起，一切都進行得很快速。那四個人拿著一塊布走向棺木，將布覆蓋在棺木上。神父、唱詩班的孩子、院長和我都走了出去。在門口，有一位我不認識的女士。「這位是默爾索先生。」院長介紹著。我沒聽見這位女士的名字，只知道她是護士代表。她點了點頭，瘦骨嶙峋的長臉上沒有一絲笑容。接著我們全都讓到一邊，好讓棺木通過。我們跟著抬棺人走，出了養老院。在大門前停著一輛車，是長方形的，塗著亮漆，閃閃發亮，那樣子讓人想起鉛筆盒。葬禮司儀站在車子旁邊，他個頭小，而且衣著滑稽。還有一位顯得很侷促不安的老頭。我明白了，他就是培賀茲先生。他戴著一頂圓形寬簷軟氈帽（棺木經過門口時，他脫了帽），穿著一身西裝，長褲褲腳堆在了鞋子上，在他襯衫的白色大領子前還繫了一個太小的黑色領結。他的鼻子上滿是黑頭粉刺，雙唇不住顫抖。他的白髮髮絲很細，垂著一對大耳，耳郭曲捲，這血紅色的耳朵襯著他蒼白的臉色，讓我印象特別深刻。葬禮司儀為我們安排了位置。神父走在最前面，接著是車子。那四名抬棺的人走在車子兩旁。後面跟著院長和我。護士代表和培賀茲先生走在隊伍最後面。

這時候太陽已經很大了。熾烈的陽光曬在地上，熱氣急遽增高。我不知道為什麼我們等了好一陣子才往前行進。深色的衣服讓我全身熱了起來。那個小老頭本來已經戴上帽子，這時又脫掉了。我把身體稍微轉向培賀茲先生那邊，當院長跟我提到他時，我便看著他。院長告訴我，媽媽和培賀茲先生晚上常常在護士的陪伴下散步到村子裡。我看著周遭的鄉村景致。透過一排排一直到延伸到丘陵、天邊的柏樹，可以看到棕色與綠色交錯的土地，以及疏落有致的屋子，我瞭解了媽媽的心理。晚上，在這個地方，夜晚讓人憂悶暫歇。今天，火辣辣的陽光曬得四周景色浮動，看起來殘酷無情，而且讓人消沉。

我們終於上路了。就在這時候我注意到培賀茲先生微微跛著腳。車子漸漸加快速度，這老頭子跟不上，脫了隊。原來走在車子旁邊的一位也落後了，現在走在我旁邊。我很訝異太陽升得那麼快。我也發現在田野中早就有昆蟲在唧唧叫，還有草的窸窸窣窣聲。汗珠流到了我臉頰上。我沒有帽子，只好用手帕搧涼。葬儀社的員工跟我說了些什麼，但我沒聽見。這時候他右手掀起鴨舌帽，用左手裡的手帕擦頭上的汗。我問他：「怎麼了？」他指了指天空，連聲說：「太陽真曬！」我說：「對。」過了一會兒，他問我：「那裡頭的是您母親嗎？」我又回答：

「對。」「她年紀大嗎？」「差不多。」因為我不知道媽確實的歲數。接著，他就不說話了。我轉過身去，看見老培賀茲落在我們後面五十公尺的地方。他晃著拿在手裡的帽子，急急忙忙地往前趕。我也看了一眼院長。院長則是莊莊重重地走著，動作俐落，額頭上有幾滴汗珠，但是他也沒去擦拭。

我覺得隊伍走得比較快一點了。但我四周還是那被驕陽照得通亮的鄉野。天空明晃晃的，讓人無法逼視。有那麼一會兒，我們走過一段最近才重新修過的公路。太陽把柏油路面都曬裂了。腳走在上面會微微下陷，露出了裡面亮晶晶的瀝青泥。車頭處，車夫那頂熟牛皮帽子好像在這黑泥裡揉浸過一回似的。夾在這藍天白雲和這些單調的黑色之間，在黏稠的黑色瀝青、沉悶的黑色衣服、上了黑漆的車子之間，我又昏沉了。所有這一切，太陽、皮革味、馬糞味、漆味、香爐味，還有一夜沒睡的疲憊，讓我兩眼昏花，意識模糊。我再一次轉過頭去，感覺培賀茲離我們很遠，籠在一層蒸騰熱氣中，然後就看不見他了。我找著他，看見他離開了公路，斜斜穿越田野。我同時也發現路在前面轉了彎。我才知道培賀茲對這裡很熟，抄了最近的一條路，好趕上我們。然後我們又看不見他了。他又穿越了田野，又這麼連續了好幾次。而我，覺得血一直往我的太陽穴衝上來。

接下來事情進行得快速、明確、又理所當然，以致於我現在什麼都不記得了。只除了一件事。就是來到村子口時，護士代表對我說了些話。她嗓音很特別，和她的長相一點也不搭。那聲音微微顫抖，很是悅耳。她對我說：「要是慢慢走，就會中暑。但走太快，又會汗流浹背，一到教堂會著涼的。」她說得對。這真是兩難。對這一天，我還留有幾個畫面。例如，培賀茲最後一回在村子裡趕上我們時的臉孔。他激動又難過，臉頰上流著大滴的淚水。不過，因為他臉上滿是皺紋，淚水不會滴下來。淚水順著皺紋平鋪開來、又匯聚起來，使他那張憔悴的臉泛著一層水光。還有教堂和路旁的村民、墓園裡墳墓上的紅色天竺葵、培賀茲的昏厥（他簡直像是被解體的木偶）、撒在媽媽棺木上的血紅色泥土、雜在土中的白色樹根，再加上人群、聲響、村子、在咖啡館前的等待、引擎不斷的轟鳴，以及當巴士回到燈火通明的阿爾及爾時，我想到自己可以大睡十二個小時的喜悅。

2

我醒來時，明白了老闆為什麼在我跟他請兩天假時會顯得不高興。因為今天是星期六。我徹底忘了這件事，但在起床時我想起來了。老闆自然是以為加上星期日我會因此有四天假，這是不會讓他開心的。但說來，他們要在昨天而不是今天安葬媽媽，又不是我的錯；再說，反正我一定會有星期六、星期日的假期。當然，這一點也不妨礙我理解老闆的心情。

我簡直起不了床，因為昨天太累了。我在刮鬍子的時候，問自己今天要幹嘛，我決定去游泳。我搭了電車去港口浴場。一到那兒，我立刻潛進水裡。那兒有很多年輕人。我在水裡遇見了瑪麗．卡爾多納，她曾在我們公司當打字員，那時候我很想把她。我想，她也願意。但她很快就離職了，我們沒來得及進一步發展。我幫著她爬上了浮板，在扶她的時候，我輕輕碰到了她的胸部。她趴在浮板上，我仍在水裡。她朝著我轉過身來。她的頭髮遮住了眼睛，她笑著。我也爬上浮板，靠在她身邊。天氣很好，我笑鬧著把頭往後仰，枕在她的小腹上。她沒說什麼，我就這樣躺著。我滿眼都是天空，天色很藍，並且散發著金光。我脖子後頭感覺得到瑪麗的小腹輕輕起伏著。我們在浮板上待了好久，半睡半醒著。陽光太強的時候，她就跳進水裡，我也跟著她下水。我追上了她，用手環著她的腰，我們一起游泳。她一直笑著。在岸上，我們弄乾自己時，她對我說：「我膚色比您的深。」我問她晚上要不要去看電影。她還是笑，她說她想看費南代爾[3]的一部喜劇片。我們穿好衣服後，她看見我繫黑領帶，非常吃驚，問我是不是在守孝，我跟她說我媽媽死了。她想知道這是什麼時候的事，我回答她：「昨天。」她稍稍往後退了一點，但沒表示什麼。我很想跟她說，這不是我的錯，但話沒說出口，因為我想起，我已經對老闆這麼說過了。其實，這話並沒有什麼意思。反正，人多少會有錯。

3 編註：費南代爾（Fernand Joseph Désiré Contandin，一九〇三至一九七一年），法國喜劇演員。

到晚上，瑪麗就忘了這些事。電影某些段落很好笑，但未免太蠢了。她的腿緊挨著我的腿。我愛撫著她的胸部。電影快結束時，我吻了她，但吻得不好。[4]走出電影院，她跟我回了家。

我醒來時，瑪麗已經走了。她告訴過我，她該到她姑姑家去。我想起今天是星期日，真是煩。我不喜歡星期日。於是，我翻了個身，在枕頭上尋找著瑪麗昨天頭髮留下的海鹽味道，我一直睡到十點。接著我抽了很多菸，一直躺在床上，直到中午。我不想和平常一樣去塞勒斯特那裡吃飯，因為他們一定會問我問題，我不喜歡這樣。我煮了幾顆蛋，就著盤子吃了，沒吃麵包，因為家裡沒有了，我也不想下樓去買。

4 譯註：在此，不翻譯成「吻得笨拙」，是因為原文並不是說maladroitement，而只是說mal。在本書中，敘述者用字經常不加修飾，不怎麼尋求最貼切的用語，只是用最直接的字眼。

飯後，我有點無聊，在屋裡閒晃。媽媽還在家的時候，這公寓還滿剛好的。現在我一個人住有點太大了，我不得不把餐桌搬到房間去。我只在房間裡過日子，處在幾把有點凹陷的草墊椅子、一個鏡子有點發黃的衣櫃、一個梳妝檯，和一張銅床之間。其餘的都被拋在一邊。後來，為了有點事做，我拿起一張舊報紙，讀了起來。我剪下克魯申鹽業公司的廣告，貼在一冊舊本子裡，凡是在報上看喜歡的東西，我就會這麼做。我也洗了洗手，最後，我來到陽臺上。

我的房間面向城郊的主要道路。下午天氣晴朗。不過路很髒，行人不多，但都步履匆忙。首先是全家人一起出來散步的，兩個穿著水手服的男孩，短褲遮住了膝蓋，硬挺的服裝讓他們顯得有點侷促，還有一個女孩頭上紮著粉紅色大蝴蝶結，腳上是一雙黑色漆皮鞋。在他們後面，一位體型龐大的媽媽，穿著棕色的絲質洋裝，爸爸很瘦弱，我在路上見過他。他戴著平頂草帽，打領結，拿著一把手杖。看見他和他太太，我明白了為什麼這附近的人說他很體面。過了一會兒，走過幾個郊區青年，頭髮抹油，紅領帶，有腰身的外套，配上一個繡花小口袋，方頭鞋。我想他們要到市中心看電影，所以早早出門，大聲笑著趕去搭電車。

他們走了以後，路上漸漸無人。我想，劇院到處都開演了吧。街上只剩幾家店鋪的老闆，和幾隻貓。從路兩邊的無花果樹望上去，天空純淨，但並不明亮。對面的人行道上，賣菸的店家搬出一張椅子，放在門口，反過來跨坐著，兩隻手臂擱在椅背上。剛剛擠滿人的電車現在幾乎都空了。在香菸店隔壁的那家皮耶侯小咖啡館，小伙計正在空蕩蕩的店裡掃地。真是一派星期日的樣子。

我調轉我的椅子，把它像賣菸的那樣擺，靠著椅背坐著，因為我覺得這麼坐很舒服。我抽了兩根菸，進屋去拿了一塊巧克力，回到窗前吃。不久，天色變暗，我想待會兒會有夏日雷陣雨。不過天又漸漸清朗起來。但是剛剛那陣烏雲使得街上變得黯淡，就像要下雨一樣。我坐在那兒，望著天空良久。

五點鐘，電車轟隆轟隆地開過來，從郊外球場帶回來了一群群觀眾，他們或是站在踏板上，或是把著欄杆。下一輛電車載的是球員，我從他們的小行李箱認出了他們是球員。他們扯著喉嚨大叫，大聲唱著歌，說他們的球隊是最強的。有好幾名球員對我擺擺手，其中一個甚至對我喊：「我們贏了。」我點點頭，回答：「嗯。」從這時起，小汽車一點一點多了起來。

天色有些暗了。屋頂上方的天空泛紅，一近黃昏，街道也熱鬧起來。散步的人漸漸走回來。在人群裡，我認出了那位體面的先生。有小孩在哭，任大人拖著走。幾乎就在同時，附近幾家電影院的觀眾湧到了街上。其中有些年輕人的動作顯得比平常來得果敢，我想，他們剛才是看了冒險片。去城裡看電影的人回來得比較晚。他們看起來則很莊重。他們還笑著，不過時而露出疲憊、出神的樣子。他們都留在街上，在對面的人行道上走來走去。附近的一些年輕女孩，沒戴帽子，彼此挽著手臂在街上走著。年輕男孩刻意從她們身邊走過，說幾句玩笑話，惹得她們轉過頭去，笑著。我認識其中幾個女孩，她們向我揮手。

街燈在這時候忽然亮了，讓夜空中初現的星星頓時黯淡。我看著人行道上人群、燈光的變換，感覺眼睛很疲累。街燈把潮濕的砌石路面照得發亮，規律來回的電車反射著燈光，照著他們油亮的頭髮、臉上的笑容，和銀手鐲。不久，電車少了，樹上、街燈上的天色已黑，人也在不知不覺中走光了，只見一隻貓慢吞吞走過又落得空無一人的街道。這時，我想到該吃晚飯了。長時間靠著椅背坐，讓我的脖子有點酸。我下樓買麵包和麵條。我自己下廚。我站著吃。我想到窗邊抽根菸，但天涼了，我有點冷。我關上窗戶回頭時，從鏡子裡看見了桌子的一角，桌上擺著酒精燈和一小塊麵包。我想一個漫長、無聊的星期日算是過去了，媽媽現在已經安葬，我又該上班了，總之，一切都沒改變。

3

我今天在辦公室裡做了很多事。老闆親切多了，他問我會不會太累，還問我媽媽的年紀。我回說「六十多歲」，免得搞錯，我不知道為什麼他像是鬆了口氣，把這件事看成是已經了了。

我桌上堆了一疊提貨單，得全部處理完。在離開辦公室去午餐前，我洗了手。我喜歡中午的這個時刻。到晚上，我就沒那麼喜歡了，因為擦手巾在大家用過一整天以後，都濕成了一片。我曾經跟老闆提過這件事。他說，這真令人懊惱，不過到底是件小事。我離開得晚了一點，十二點半才和艾曼紐爾一起出來，他在發貨部門工作。辦公室外面就是海，我們迷茫地看了一會兒停泊在港口大太陽底下的貨輪。這時候，一輛卡車開過來，鍊條發出嘩啦巨響，還有爆裂聲。艾曼紐爾問我：「我們去看看？」我就跑了起來。卡車從我們身邊開過，我們奮力追了上去。噪音和灰塵淹沒了我。我什麼也看不見了，只感覺到自己在混亂中猛力衝刺，在絞盤、機器、天際舞動的船桅以及我們身邊的輪船之間拚命跑著。我先趕上了卡車，跳上車。然後幫艾曼紐爾坐了下來。我們氣喘如牛，卡車在碼頭高低不平的石頭路面上顛簸著，周圍一片灰塵和陽光。艾曼紐爾笑得喘不過氣來。

我們到塞勒斯特的餐館時滿身大汗。塞勒斯特總在店裡，挺著大肚子、套著圍裙、留著白鬍子。他問我：「您還好吧？」我跟他說我還好，而且我肚子餓了。我吃得很快，喝了杯咖啡，還因為酒喝多了，回家睡了一會兒，醒來時，我很想抽根菸。時候不早了，我跑著去趕電車。整個下午我都在工作。辦公室裡很熱，晚上，下班以後，我沿著碼頭慢慢走，心中很快活。晴空碧綠，我覺得自己心滿意足。雖然如此，我還是直接回家了，因為我打算煮份馬鈴薯。

在爬上漆黑的樓梯時，我撞到了老薩拉馬諾，他是我同一層樓的鄰居。他牽著他的狗，八年來他們同出同進。這隻西班牙獵犬有皮膚病，我想是疥癬，這病讓牠的毛幾乎都掉光了，身上滿是褐色的斑痕和結痂。他們兩個單獨住在一間小房間裡，長期相處下來，老薩拉馬諾變得很像這隻狗。他臉上有泛紅的痂塊，稀疏的毛髮發黃。那狗呢，牠也有了主人那種駝背的樣子，伸著脖子，嘴巴前凸。他們活像是同類，只是互相憎惡。一天兩次，十一點、六點，老頭子會帶狗去散步。八年來，他們的路線都沒變。他們沿著里昂街走，狗拖著主人前進，直到老薩拉馬諾被絆倒，他就打牠、罵牠。狗怕得趴在地上，任由牠主人拖著。這時候就換老頭子拉著狗走了。但狗一忘記，再次又走到前面拉著主人，牠就又得挨罵、挨揍了。於是，他們兩個停在人行道上，對看著，狗帶著畏懼，人帶著恨意。天天如此。西班牙獵犬要撒尿的時候，老頭子不給牠時間，一逕拉著牠，狗沿路滴著一道小小的尿痕。狗要是不巧在房間裡尿了，牠又會被揍一頓。這樣的日子持續了八年。塞勒斯特總是說「這真是不幸」，但說到底，誰知道是幸還是不幸呢！我在樓梯上遇見了薩拉馬諾，他正在罵他的狗：「混蛋！死狗！」狗呻吟著。我說：「晚安！」但那老頭還是罵個不停。我問他狗對他怎麼了。他沒接話。他只是說：「混蛋！死狗！」我依稀看見他彎下腰整理著狗項圈上的什麼。我提高嗓門。他頭也不回，強忍著怒氣回答我：「牠就是不走。」然後他拖著狗走了，狗不情不願，哼哼唧唧地被拖在後面。

就在這時候，和我同一層樓的另一個鄰居回來了。這附近的人都說他靠女人養。不過，要是問他的職業，他會說是「倉管」。一般說來，大家都不太喜歡他。但他常和我說話，有時他會到我家坐一會兒，因為我總是聽他閒談。我覺得他說的都很有意思。再說，我也沒什麼理由不跟他說話。他叫做雷蒙．森泰斯。他個頭不高，肩膀很寬，有一個拳擊手的鼻子。他總是穿著得體。在提到薩拉馬諾時，他也是說：「這真是不幸！」他問我，這是否會讓我倒胃口，我說不會。

我們上了樓，我正要進家門時，他跟我說：「我家裡有豬血腸和葡萄酒。您要不要跟我吃一點？」我想這樣就可以不必煮飯了。我接受了。他也只有一個房間，加上一間沒有窗戶的廚房。在他床頭上，有個白色、粉紅色相間的仿大理石天使。還有幾張冠軍選手的照片，和兩、三張裸女海報。房間很髒，床也沒鋪。他先點亮煤油燈，然後從口袋裡掏出一捲看起來不太乾淨的紗布，包紮起他的右手。我問他怎麼了。他說，有個傢伙找他碴，他們打了一架。

他對我說：「您知道的，默爾索先生，並不是我壞，而是我性子剛烈。那個人對我說：『你要是個男人，就從電車給我下來。』我對他說：『得了，你省省吧。』他跟我說，我不是個男人。所以我就下了電車，我對他說：『夠了，這樣總可以吧，不然我就打爆你。』他回答我：『你敢？』我就給了他點顏色。他跌倒在地上。我才要去扶他，他竟從地上踢了我幾腳。所以我用膝蓋頂著他，又給他兩巴掌。他滿臉是血。我問他：『夠了吧？』他回答我：『夠了。』」

他一邊說著，一邊裹好了紗布。我坐在床上。他對我說：「您看，並不是我愛惹事，是他衝著我來。」這是真的，我承認。他這時向我表示，就這件事，他想問問我的意見，他說我是個男人，說我閱歷多，我可以幫他忙，然後他會拿我當哥兒們。我沒說什麼。他又問我是不是願意當他哥兒們。我說，我無所謂。他看來很高興。他拿出豬血香腸，在煎鍋裡煎熟，又在桌上擺了酒杯、盤子、刀叉，和兩瓶酒。他默不作聲地做著這些。接著我們坐下來。吃飯時，他說起他的事，剛開始有點遲疑。「我認識一位女人……也就是說她是我的情婦。」和他打架的那個男的是這個女人的哥哥。他跟我說，是他在供養這個女人。我沒接腔，但他立刻又加上一句，說他知道在這附近是怎麼傳的，不過他問心無愧，他是倉管。

他對我說：「再回頭說說我這件事，我發現她騙了我。」他給這個女人的錢只夠她過日子。他還幫這女人付房租，每天還給她二十法郎的飯錢。「房租三百法郎，飯錢六百法郎，有時候給她買買絲襪，這就一千法郎了。她又不工作。但她跟我說，這很正當，我給她那些錢不夠她開銷。我跟她說：『那你為什麼不做半天工？這樣你也可以幫我舒緩舒緩這些零星花費。這個月，我買了件套裝給你，我每天給你二十法郎，還每個月幫你付房租，而你呢？下午都和朋友去喝咖啡。你拿咖啡和糖請她們。我呢?我給你錢。我對你好,你卻讓我不好過。』但她就是不工作,總是說錢不夠用,也就這樣我發現了這其中有問題。」

這時他告訴我,他在女人的手提包裡發現了一張樂透彩券,但她無法跟他解釋她是怎麼買的。後來,他又在女人的家裡找到了一張當鋪的「收據」,證明她當了兩只手鐲,但他並不知道她有兩只手鐲。「我就知道她瞞著我什麼。於是我離開了她。但我先揍了她一頓。然後我跟她說了她是個什麼樣的人,我跟她說,她就是喜歡玩弄我。您知道的,默爾索先生,我是這麼對她說:『你不知道人家有多麼嫉妒我給你的幸福。以後你就會明白你是身在福中不知福。』」

他把這女人打得見血。在這之前,他從不打這女人。「我是會打她,不過可以說就只是輕輕碰一下。她也就叫一下而已。然後我就會關起窗板，睡了她，像平常一樣。不過現在我可是認真的。對我來說，我對她處罰得還嫌不夠呢。」

他跟我解釋，也就因為這樣，他需要我給個意見。他停了一停，去弄了弄煤油燈燒焦了的燈芯。我一直聽他說著。我喝了將近一公升的酒，感覺腦袋發熱。我抽了雷蒙的菸，因為我的沒了。最後幾班電車經過，帶走現在已經遠去的市聲。雷蒙繼續說下去。讓他煩心的是，「因為跟她睡過，有點感情了。」但他還是要懲罰這個女人。他先是想到，帶她上旅館，叫來「風化警察」，造成醜聞，讓她在警察局裡留個底。後來他去找幾個道上的朋友。他們也沒辦法。雷蒙特別指出，在道上混還是值得的。他跟他們說了，他們建議讓這個女人「掛彩」。但這不是他要的。他得想一想。他想先問過我。而且，在問我意見之前，他想知道對我這件事是怎麼想的。我回答他說，我沒什麼想法，不過這很有意思。他問我，這女人是不是欺騙了他。我呢？我覺得是欺騙。他又問，我是不是認為該懲罰這個女人，換做是我，我會怎麼做。我跟他說，這很難講，不過我瞭解他想懲罰這個女人的心理。我又喝了一點酒。他點了一根菸。他告訴我他的打算。他要寫封信給這個女人，「裡面對她拳腳交加，同時要寫些讓她後悔莫及的東西。」然後這女人一回頭找他，他就和這女人上床，「要完事的時候」，他就朝這女人臉上吐口水，趕她出去。我覺得這種方式的確能懲罰她。但是雷蒙說他感覺自己沒把握寫好這封信，他想到了我可以代筆。因為我一句話也沒說，他就問我介不介意現在就寫，我說好。

他喝了一杯酒，站起來，把盤子和我們吃剩的冷掉了的豬血香腸推開。他仔細擦了擦桌上的漆布，從床頭櫃的抽屜裡取出一張方格紙、一只黃色信封、一枝紅木筆桿的沾水鋼筆，和一罐方瓶的紫色墨水。他跟我說那個女人的名字，我看出來她是摩爾人。我寫好了信，寫得有點隨意，不過我還是盡力讓雷蒙滿意，因為我沒有理由不讓他滿意。然後我高聲讀信。他聽著我讀，一邊抽菸，一邊連連點頭。他要我再讀一遍。他非常滿意。他跟我說：「我就知道你閱歷多。」我一開始並沒發覺他用「你」稱呼我。[5]是在他跟我說：「現在，你是我的好哥兒們。」這時我才注意到。他又把話說了一遍，我說：「對。」是不是他哥兒們，我其實無所謂，但他看來真的很希望是這樣。他把信封上。我們喝光了

5 編註：這裡是書中敘述者第一次強調被稱為「你」。

酒，就這麼抽了一會兒菸，彼此都沒說話。室外，很安靜，我們聽見了一輛汽車經過。我說：「很晚了。」雷蒙也這麼想。他表示時間過得真快，從某方面來說，這是真的。我睏了，但我從椅子上站不起來。我大概看來很累，因為雷蒙對我說，別頹喪。起先我不明白。他跟我解釋，他聽說我媽媽死了，但這是遲早的事。我也這麼認為。

我站了起來，雷蒙緊緊握著我的手，說男人總是彼此理解。從他家出來，我關上了門，站在樓梯口，在黑暗中待了一會兒。房子裡一片靜默，從樓梯間下面冒上來一股莫名的、潮濕的氣息。我只聽見體內的血液在我耳中嗦嗦作響。我站著不動。在老薩拉馬諾的房間裡，狗低聲呻吟著。

4

我這個星期在辦公室裡做了好多事。雷蒙來找我，說他把信寄了。
我和艾曼紐爾去看了兩次電影，他看不懂銀幕裡演的，我得跟他解釋。
昨天是星期六，瑪麗依約來了。我很想要她，因為她穿了一件紅白條紋的漂亮洋裝、一雙皮涼鞋。隱約看得到她堅挺的乳房，陽光把她的臉曬成褐色，讓她像朵花。我們搭巴士，到離阿爾及爾幾公里的一處沙灘保留地，沙灘兩頭是巨岩，靠近陸地一側有蘆葦。四點鐘的陽光不太熱，不過水是溫的，波浪緩緩推進。瑪麗教我一個遊戲。就是在迎著浪頭游泳時，喝進浪尖上的泡沫，把一口又一口泡沫含在嘴裡，然後仰躺著，把水噴到空中。這樣細細的水沫就會消散在空中，或是化做一陣溫熱的細雨回落到我臉上。但不多久，鹹澀的海水就讓我的嘴巴灼熱起來。瑪麗游到我身邊來，身子緊貼著我。她的嘴封住我的嘴，她用舌頭舔我的嘴唇，我們相擁，隨著浪花滾動。

我們回到沙灘穿上衣服，瑪麗兩眼發亮，看著我。我吻了她。從這時候開始，我們沒再說話。我把她攬在懷裡，我們急著去搭巴士，回家。回到我家，我們立刻撲上床。我讓窗戶開著，夏夜在我們褐色的身體上流瀉，感覺真舒服。

這天早上瑪麗留了下來，我跟她說一起吃午飯。我下樓去買肉。上樓時，我聽見雷蒙房間裡有女人的聲音。過了一會兒，老薩拉馬諾罵著他的狗。我們聽見木頭階梯上傳來腳步聲和爪子的聲音，然後聽到他罵：「混蛋，死狗！」他們走到了街上。我把這老頭的事說給瑪麗聽，她大笑。她穿著我的睡衣，捲起了袖子。見她笑，我又想要她了。後來她問我愛不愛她。我回答她，這話沒什麼意義，不過好像是不愛。她看來很難過。不過在做飯時，她動不動又笑起來，笑得我又吻了她。就在這時候，雷蒙那裡爆出了吵架的聲音。

我們先是聽到一個女人尖銳的嗓音，接著是雷蒙說：「你對不起我，你對不起我。我要教教你怎麼才對得起我。」幾個悶沉的聲響，那女人大叫，叫聲嚇人，大家都立刻擠到樓梯間。瑪麗和我也走出房門。

那女人一直叫，雷蒙一直打。瑪麗跟我說，這真是可怕。我沒接話。她要我去叫警察，我說我不喜歡警察。不過還是來了個警察，是三樓一個當水電工的房客叫來的。警察敲門，屋裡沒了聲音。警察敲得更用力，過了一會兒，女人哭著，雷蒙來開門。他嘴角叼著一根菸，嘻皮笑臉的。那女人急忙衝到門邊，對警察說，雷蒙打她。警察問：「你的名字。」雷蒙回答了。警察說：「跟我說話的時候，把菸拿開。」雷蒙猶豫了一下，看了看我，又抽了一口。警察這時候忽然對準他臉頰狠狠甩了一耳光。香菸飛到幾公尺外。雷蒙臉色大變，但他一時沒說什麼，然後低聲下氣地問，他可不可以去把菸頭撿起來。警察表示可以，不過還加上了一句：「下一次你就知道警察可是玩真的。」在這之間，那女人一直哭，她一再說：「他打我。他是拉皮條的。」雷蒙問：「警察先生，法律裡有這一條說，可以罵一個男人是拉皮條的嗎？」不過警察命令他「閉嘴」。雷蒙於是轉向女人，對她說：「走著瞧吧，賤人，我們會再碰頭的。」警察要他閉上嘴，還叫那女人走，叫他待在屋裡等警察局傳喚。警察還說，雷蒙醉了，醉得全身發抖，他應該覺得慚愧。雷蒙跟他解釋：「我沒醉，警察先生。我發抖，只是因為我人在這兒，站在您面前，我也沒辦法。」他關上門，大家都散了。瑪麗和我準備好了午餐。但她不餓，午餐幾乎全被我吃了。她在一點的時候離開，我又睡了一會兒。

三點左右，有人敲我的門，進來的是雷蒙。我仍然躺在床上，他坐在床邊。他好一會兒沒說話，我問他事情的經過。他告訴我，他按照他想做的做了，但那女人給了他一巴掌，他就打了那女人。其餘的，我也看到了。我跟他說，我覺得她現在受到了懲罰，他應該滿意了。他也是這麼想。他表示警察白來了一趟，那女人該挨的拳頭還是挨了。他還說他很瞭解警察，知道怎麼應付他們。他問我，在警察刮他耳光的時候，我是不是等著他回敬一下警察。我說我一點也沒這麼想，再說我不喜歡警察。雷蒙一臉非常滿意的樣子。他問我願不願意和他一起出去。我起了床，梳梳頭髮。他跟我說，我必須當他的證人。我倒是無所謂，不過我不知道到時候該說什麼。據雷蒙說，我只要說那女人對不起他就行了。我答應了當他證人。

我們出門去了，雷蒙請我喝了一杯白蘭地。然後他想打一局撞球，我差一點贏了。他還想去妓院，我說不，因為我不喜歡這個。我們就慢慢走回家，他告訴我，他真高興懲罰了那女人。我覺得他對我很好，我想這一刻真是愜意。

我遠遠就看到老薩拉馬諾在大門口，心神不寧的樣子。一等我們走近，我發現他的狗不在身邊。他四下張望，身子轉來轉去，在漆黑的走道裡探著，嘴裡喃喃說著什麼，又用紅紅的小眼睛在街上仔細搜尋。雷蒙問他怎麼了，他沒有立刻回答。我隱約聽見他嘟噥著：「混蛋，死狗！」他還是騷動不安。我問他狗呢？他忽然回答，狗走了。這下子他滔滔不絕起來：「我像平常一樣帶牠到練兵場。那裡有許多攤販，圍了很多人。我停下來看《逃亡大王》。我要走的時候，牠就不見了。當然，很久以來我就想再買一個小一點的項圈。可是我沒想到這隻死狗竟然就這麼走了。」

雷蒙對他說，狗大概是迷路了，牠會再回來的。他舉了幾個例子，說狗會跑好幾十公里，回到主人身邊。雖然如此，那老頭卻顯得更加騷動不安。「但他們會抓走牠的，您瞭解吧！要是有人收留牠就算好。不過這不可能，牠身上的結痂，誰都覺得噁心。牠一定會被警察會抓走。」我跟他說，那麼到動物收容所去，只要付一點費用就能領回狗。他問我費用高不高。我不知道。他發起火來：「浪費錢在那死狗身上。啊，牠死了的好！」他又開始罵狗。雷蒙笑了，走進屋裡，我跟在他後面，我們在樓梯間分了手。過了一會兒，我聽見那老頭的腳步聲，他敲了我的門。我開門，他在門口站了一下子，他說：「對不起，對不起。」我請他進來，但他不肯。他看著自己的鞋尖，他滿是瘡疤的雙手哆嗦著。他兩眼沒看我，只是問：「默爾索先生，您說，他們不會抓走牠吧！他們會把牠還給我吧！沒狗，我該怎麼辦？」我跟他說，收容所會把狗留三天，等牠主人來領。超過三天，他們就任意處置了。他看著我，默不作聲。然後他對我說：「晚安。」他關上了他的房門。我聽見他來來回回走動著。他的床嘎吱作響。從牆板傳來一陣奇怪的聲音，聲音低低的，我意識到他在哭。我不知道為什麼在這時想起了媽媽。但我明天得早起。我不覺得餓，我沒吃晚餐就上了床。

5

雷蒙打電話到辦公室給我。他跟我說他有個朋友（他跟對方提到我）邀請我星期日到他海邊的小木屋去，離阿爾及爾不遠。我說我很樂意，但我已經和一個女友約好了。雷蒙立刻說，那也請她一起來。他朋友的太太會很高興，到時候男人堆裡就不是只有她一個女人了。

我想馬上掛掉電話，因為我知道老闆不喜歡有人從城裡打電話給我們。但是雷蒙要我等一等，他說本來可以晚上再轉達這個邀請，但是他要提醒我注意另一件事。他一整天被一群阿拉伯人盯了梢，其中一個就是他過去那情婦的哥哥。「你晚上回家要是在我們房子附近看見他們，就告訴我一聲。」我說沒問題。

不久，老闆找我，我當下以為我有事了，因為我想他是要告訴我少講電話、多做事。結果和這個一點關係也沒有。他向我表示，要跟我說一個還很籠統的計畫。他只是想要知道我的想法。他打算在巴黎設一個辦事處，就地處理那裡的業務，直接和大公司往來，他想知道我是不是有意赴任。這樣我就能住在巴黎，每年還可以有時間旅行。「您很年輕，我覺得您會喜歡這樣的生活。」我說是，但認真說起來，其實無所謂。於是他問我是不是對改變生活不感興趣。我回答，我們是改變不了生活的，反正生活到處都一樣，我並沒有不滿意我在這裡的日子。他看起來不高興，說我老是離題，說我沒有野心，說這對業務非常不利。我就又回去工作了。我真不想讓他不高興，但是我找不到理由改變我的生活。仔細想想，我的日子過得不算不開心。我還是學生時，有很多這類的野心。但是在我不得不輟學的時候，我很快就明白了，這一切一點也不重要。

晚上，瑪麗來找我，問我願不願意和她結婚。我說我無所謂，如果她想的話，我們可以結。她又問我愛不愛她。我像上次一樣回答她，說這話沒什麼意義，不過我大概是不愛。她說：「那為什麼要娶我？」我跟她說，這無關緊要，如果她想，我們可以結婚。再說，結婚的事是她提起的，我呢，只要說好。她說，結婚是大事。我回答她說：「不。」

她不再說話，靜靜地看了我一會兒。然後她開了口。她只是想知道，如果有另一個我對她一樣有情分的女人，那個女人要是做相同的提議，我會不會接受。我說：「那當然。」然後她問起自己是不是愛我，這一點我是不會知道的。她又沉默了片刻，接著低聲說，我這人真奇怪，她大概是因為這樣才愛我的，不過也許有一天她又會因同樣的理由討厭我。我沒什麼可說的，所以也沒說話，她笑著挽起我的手臂，說她要跟我結婚。我回答，她要，我們就結婚。我跟她談到了老闆的提議，瑪麗說她很想認識認識巴黎。我告訴她，我曾在那裡住過一段時間。她問我，巴黎是什麼樣子。我說，「很髒。有很多鴿子和黑漆漆的院子。人人都是白皮膚。」

不一會兒我們出去散步，走了走城裡幾條大街。女人都很漂亮，我問瑪麗是不是注意到了。她說注意到了，她瞭解我為什麼這麼說。有那麼一會兒，我們沒說話。但我希望她繼續陪我，我跟她說，我們可以一起去塞勒斯特那裡吃晚餐。她很想留下來，但她還有事。這時候我們就在離我家不遠的地方，我跟她說再見。她看著我：「你不想知道我有什麼事？」我是想知道，但我沒想到要問。她擺出一臉要怪我的樣子。看我面露困窘，她又笑了，她整個人攀在我身上，嘴唇迎了上來。

我到塞勒斯特那裡吃晚餐。我已經開始吃了，這時候來了一個古怪的、個頭小的女人，問我可不可以和我坐同一桌。當然可以。她動作一頓一頓的，眼睛在蘋果似的小臉裡發亮。她脫掉外套，坐了下來，急切地看著菜單。她招來塞勒斯特，立刻點了她要的餐點，語調明確、急促。在等前菜時，她打開手提包，取出一張方方的紙，和一枝鉛筆，提前算著帳單，外加小費，然後從小錢包裡如數掏出錢來，放在她面前。這時候前菜端上來了，她兩、三口迅速吃光。在等主菜時，她從手提包裡掏出一枝藍色鉛筆，和一本電臺廣播節目週刊。她仔仔細細在幾乎所有的節目旁打勾。因為那本週刊有十來頁，她在用餐時還小心翼翼繼續做這件事。我吃完以後，她還是一樣專心打勾。然後她站起來，穿上外套，動作機械般準確。她走了。我沒事做，也走出餐館，跟了她一會兒。她走在人行道的界石上，速度奇快，腳步極穩，她一路直走，沒回頭。最後，我看不見她了，只好折返。我心想她真是古怪，但沒多久我就忘了她。

我發現老薩拉馬諾在我家門口。我讓他進門，他告訴我狗丟了，因為牠不在收容所。那裡的職員對他說，說不定牠被車壓死了。老薩拉馬諾問他們，到警察局問會不會知道。他們回答他，這種事不會有紀錄，因為每天都會發生。我告訴老薩拉馬諾，他可以另外養一隻狗，但他提醒我，他已經習慣牠了。

我蹲在床上，薩拉馬諾坐在桌前的一張椅子。他面對著我，兩隻手放在膝上。他沒把舊氈帽脫下來。他嘴巴在發黃的鬍子底下嘟嘟噥噥地說著什麼。他讓我有些厭煩，但我反正沒事做，也沒睡意。為了找話說，我問起他的狗。他跟我說，他是在太太死後有了那隻狗。他很晚婚。他年輕時想演戲，還在當兵時，他在軍中歌舞劇團演出。但後來他進了鐵路局，他不後悔，因為現在他每個月有一筆小額退休金。他和太太在一起並不快樂，但總歸來說，他很習慣他太太了。他太太死後，他感覺很孤單。所以，他問同事要了一隻狗。這隻狗來的時候還很小，他還得拿奶瓶餵牠。但因為狗的壽命比人短，所以最後他們一起變老了。薩拉馬諾對我說：「牠性子很差。有時候我們會吵起來。但牠畢竟是隻好狗。」我說，牠是一隻漂亮的純種狗，薩拉馬諾似乎很高興。他又說：「還有，您沒見過牠生病前的樣子。牠的毛再漂亮不過了。」自從狗得了皮膚病，薩拉馬諾每天早晚都幫牠擦藥膏。但是據他看，牠真正的病是衰老，衰老是沒法醫的。

這時，我打起呵欠，老頭說他要走了。我跟他說他可以再坐一會兒，還說我很遺憾他狗的事。他謝謝我。他跟我說媽媽很喜歡他的狗。在提到我媽時，他稱她是「您可憐的母親」。他猜想，媽媽死了，我一定很難過。我沒答腔。他很快帶過幾句話，說他知道這附近的人對我沒好評，因為我把媽媽送到養老院，但他瞭解我，知道我很愛媽媽。他說這話時神色有點尷尬。我回答，我並不知道人家對我沒好評，也不知道原因，但我覺得送她去養老院很自然，因為我沒錢請人看顧她。我加上一句：「再說，她早就跟我沒話說了，她一個人悶得慌。」他跟我說：「是啊。在養老院裡至少可以交交朋友。」然後他起身告辭。他想睡了。現在，他的生活起了變化，他不知道接下來該怎麼辦。從我認識他以來，他第一次向我伸出手，動作顯得有些不好意思，我感覺到他像鱗片一樣的皮膚。他微微一笑，離開前對我說：「我希望今天夜裡附近的狗不要叫，否則我都會以為是我的狗。」

6

星期日，我早上起不來，要等瑪麗來叫我，搖醒我。我們沒吃飯，因為想早一點去游泳。我感覺全身空洞洞，頭有點痛。我的菸有苦味。瑪麗取笑我，因為她說我「一臉要去送葬的樣子」。她穿著白色洋裝，沒把頭髮紮起來。我說她很漂亮，她高興得笑了。

下樓前，我們敲了雷蒙的門。他回我，他馬上就來。一方面因為我覺得疲倦，也因為我們沒開窗板，到了街上才知太陽熾烈，曬得我像是被打了一耳光。瑪麗則雀躍不已，不停地說，天氣真好。我感覺好一點了，意識到自己餓了。我跟瑪麗說了，她給我看她的漆布手提袋，裡面放了我們兩人的泳衣和一條浴巾。現在就等雷蒙了，我們聽見他關上了門。他穿了藍色長褲、白色短袖上衣。但他戴了一頂平頂草帽，這逗得瑪麗笑了起來。他手臂很白，上面有黑色的汗毛。我看了有點不舒服。他吹著口哨下了樓，看起來很開心。他對我說：「你好啊，老兄，」然後稱呼瑪麗「小姐」。

前一天我們去了警察局。我作證說，那女人「對不起」雷蒙。他只受到警告就銷了案。他們沒查核我的證詞。我們在門口和雷蒙說了一會兒話，然後決定去搭巴士。海灘並不遠，不過這樣比較快。雷蒙說，他朋友會很高興看到我們早早就到。我們正要動身，雷蒙突然使了個眼色，要我看看對面。我看到一夥阿拉伯人背靠著香菸店的櫥窗。他們靜靜地看著我們，但他們那個樣子完全就是把我們當做是石頭或是枯木了。雷蒙告訴我，左邊第二個就是他說的那個傢伙，雷蒙看來很擔心。雷蒙又說，不過這件事現在已經了結了。瑪麗聽不太懂，她問我們在說什麼。我跟她說，幾個阿拉伯人衝著雷蒙來。她要我們立刻就走。雷蒙挺起胸，他笑著說是該趕快上路了。

我們往稍微有點遠的巴士站走去，雷蒙告訴我，阿拉伯人沒跟上來。我回頭看。他們一直站在原地。他們一樣漠然地看著我們剛剛所在的地方。我們搭上了巴士。雷蒙鬆了一口氣，不停和瑪麗開玩笑。我覺得雷蒙喜歡瑪麗，不過她幾乎不太搭理雷蒙。但她有時會笑著看雷蒙一眼。

我們在阿爾及爾的郊區下了車。海灘離巴士站不遠。不過必須走過一個俯視大海的小高地，然後往下走到海灘。高地上滿是泛黃的石塊和白色的金穗花，襯著已經變得耀眼的藍天。瑪麗用她的漆布手提袋大力打落花瓣玩著。我們穿過一排排有綠色或白色圍籬的小別墅，有些有玻璃遊廊的別墅被檉柳遮住了，有些沒特別的裝飾，周圍盡是石頭。還沒走到高地邊緣，就已經可以看見平靜的大海，在更遠的地方有海岬，盤踞在清澈的海水中，像睡著一樣。在這一片寧靜中，有輕輕的引擎聲響起，傳到我們耳中。我們遠遠看見了一艘小型拖網漁船在輝煌的海上緩緩前進。瑪麗摘了幾朵岩地鳶尾花。從通往海灘的坡地上，我們看見了海中已經有幾個人在游泳。

雷蒙的朋友住在海灘盡頭的一間小木屋裡。小木屋一邊靠著山岩，一邊是用木樁撐著，架在水裡。雷蒙介紹我們認識。他的朋友名叫馬松。馬松長得高大、壯碩，肩膀厚實，他太太卻是小個子，微胖，人很和氣，說話有巴黎腔。馬松立刻就對我們說，大家別客氣，他炸了幾條早上從海裡釣來的魚。我跟他說，他房子很漂亮。他告訴我，只要是週末和休假他都在這裡度過。他又說：「大家會和我太太處得很好的。」的確，他太太正和瑪麗一起說說笑笑。也許這是第一次，我真的想到我要結婚了。

馬松想要去游泳，但他太太和雷蒙不想去。我們就三個人走下海灘，瑪麗立刻跳進水裡。馬松和我等了一下才下水。他說話慢慢的，我注意到他每說一句話都會加上一句「而且我更要說」，即使實際上他並沒有再多說出些什麼。提到瑪麗，他跟我說：「她真可愛，而且我更要說，真迷人。」後來我就不再留意他這個口頭禪了，因為我一心享受著照得我好舒服的太陽。腳底下的沙子開始熱起來。我渴望下水，但還是拖延了一會兒，最後我跟馬松說：「我們走吧？」我跳進水裡。他慢慢走進水裡，等腳踩不到地了，才一頭撲進去。他用蛙式，但游得不太好，我撇下他，游去跟瑪麗會合。水是涼的，我很高興能游游泳。我和瑪麗越游越遠，我們覺得我們倆動作協調，愉快的心情也是一致的。

在大海中，我們臉朝上，仰身浮在水面上，我的臉朝天，太陽驅散了最後幾層漫在我臉上流進嘴裡的水。[6]我們看見馬松回到了海灘上，

6 譯註：「驅散」原文是écartait。卡繆用écarter是一種影像的描寫，也就是說太陽如同一股力量，能驅散他臉上的水。

躺著曬太陽。從遠處看，他顯得很龐大。瑪麗要我們再一起游泳。我游在她後面，扶著她的腰，她在前面用手臂划水，我在後面用兩隻腳打水，幫她推進。在晨光中，我們身後響著我們拍打著水發出的小小聲響。最後我覺得累了。於是我留下瑪麗，動作規律、呼吸均勻地游了回來。在海灘上，我趴在馬松旁邊，我把臉貼進沙子。我跟他說「真舒服」，他同意我的說法。不久，瑪麗也上岸了。我轉過身子，看著她走近。她全身濕答答的，把頭髮整個往後攏。她緊緊挨著我躺下來，她的體熱和太陽的熱氣讓我昏昏欲睡。

瑪麗推了推我，跟我說馬松回屋裡去了，該吃午飯了。我立刻站起來，因為我餓了，但瑪麗跟我說，我今天早上都沒吻她。這倒是真的，雖然有幾次我都想吻她。她說：「到水裡去。」我們用跑的，迎著小小的浪花撲進水裡。我們游了幾下蛙式，她就緊緊貼著我。我感覺到她的大腿和我的交纏在一起，我有衝動想要她。

我們回到岸上，馬松已經在叫我們。我說我很餓，他立刻對太太說他喜歡我。麵包很好吃，我狼吞虎嚥吃光了我的魚。接著還有肉和薯條。我們吃著，誰都沒說話。馬松一直喝酒，還不停為我倒酒。上咖啡時，我的頭有點昏沉沉的，我抽了很多菸。馬松、雷蒙和我打算八月分一起到海邊度假，費用由大家分攤。瑪麗忽然對大家說：「你們知道現在幾點嗎？才十一點半呢！」我們都很訝異，不過馬松說，我們飯吃得早，但這很正常，因為餓了就該吃。我不知道為什麼這讓瑪麗笑了起來。我想她有點喝多了。馬松問我，要不要和他到海灘上散步。「我太太總在飯後睡午覺。我不喜歡這樣。我得去走走。我跟她說，這有益健康。不過，她有權利睡她的午覺。」瑪麗說，她留下來幫馬松太太洗盤子。那個巴黎小女人說，要洗盤子得把男人趕出去。我們三個走出了木屋。

正午的太陽幾乎是垂直曬在沙灘上，大海反射的光線讓人無法逼視。海灘上一個人也沒有。從依著高地建、俯瞰大海的小木屋裡傳來了盤子、刀叉的聲音。石頭的熱氣從地面升上來，讓我們幾乎喘不過氣。一開始，雷蒙和馬松聊起了一些我不知道的人和事。我這才明白他們已經認識很久了，有一陣子甚至還住在一起。我們朝大海走去，沿著海邊走。有時候，浪頭來得比較高，衝上海灘，打濕了我們的帆布鞋。我什麼也沒想，因為我沒戴帽子，太陽曬得我昏昏欲睡。

在這時候，雷蒙告訴了馬松一件什麼事，我沒聽清楚。不過我這時也看見了在海灘另一頭，離我們很遠的地方，有兩個穿著藍色工作服的阿拉伯人往我們這個方向走來。我看了看雷蒙，他對我說：「是他。」我們繼續走著。馬松問，他們怎麼會跟著我們到這兒。我想他們大概看見了我們提著海灘袋去搭巴士。但我什麼都沒說。

阿拉伯人慢慢往前走，他們已經走近了許多。我們沒有改變步伐，不過雷蒙說：「如果打起架來，馬松，第二個由你應付。我呢，負責我那個傢伙。你，默爾索，如果還有第三個，就看你的了。」我說：「好。」馬松把手插在口袋裡。現在，曝曬在太陽下的沙子在我看起來像是紅的。我們不疾不徐地走向阿拉伯人。我們之間的距離越來越近。在只離幾步遠的時候，那兩個阿拉伯人站住了。馬松和我放慢了腳步。雷蒙筆直地往他說的那個傢伙身邊走去。我沒聽見他跟那個人說了什麼，不過對方作勢要用頭頂他。雷蒙於是揮了一拳，同時立刻招呼馬松。馬松往他剛剛說的第二個人走過去，使盡全力地揮了兩拳。阿拉伯人被打趴在水裡，臉朝下，就這樣停了幾秒鐘不動，從他的頭旁邊冒出了幾個立刻就破掉的氣泡。在這時候，雷蒙也把另一個打得滿臉是血。雷蒙轉過頭來對我說：「看看他手要拿什麼。」我對他喊：「小心，他有刀！」不過雷蒙的手臂已經被劃了一刀，嘴角也被割破。

馬松往前一跳。但另一個阿拉伯人已經爬起來，他站到了有刀子的那個人身後。我們不敢再動。他們慢慢往後退，眼睛直盯著我們看，一邊還架著刀，讓我們不能近身。等他們發現已經退得夠遠了，就飛快地跑了，我們杵在太陽底下，動也不動，雷蒙一隻手緊緊按著滴著血的手臂。

馬松立刻說，有個醫生會到高地來度星期假日。雷蒙想馬上就去。但他每一講話，嘴角的傷口就會冒出血珠。我們扶著他，盡快回到了木屋。回來以後，雷蒙說他只是皮肉傷，他可以去看醫生。他和馬松一起去了，我留下來跟女士們解釋發生了什麼事。馬松太太哭了，瑪麗臉色蒼白。我呢，得跟她們解釋這件事讓我心煩。最後我不再說話，看著大海抽菸。

一點半左右，雷蒙和馬松回來了。他手臂包紮了起來，嘴角貼了一塊繃帶。醫生跟他說這不嚴重，但雷蒙臉色非常陰沉。馬松試著逗他笑。但他還是一直不作聲。他說還要到海灘去，我問他要去海灘哪裡。馬松和我說，我們陪他去。這時雷蒙突然發火，咒罵起我們。馬松表示那就由他去，別惹他生氣。但我還是跟著他去了。

我們在海灘上走了很久。太陽這時候曝曬得很厲害，照在沙上和海上，形成細細碎碎的金光。我覺得雷蒙知道他要去哪兒，不過這印象可能是錯的。走到沙灘盡頭，我們見到了一口小水泉，水在一塊巨岩後面流著，流在沙上。我們在這兒又遇到了那兩個阿拉伯人。他們穿著一身沾滿油污的藍色工作服，躺在那兒。他們看來很平靜，幾乎可以說開心。即使我們走上前去，他們的神色也沒改變。傷了雷蒙的那個人只是看著他，默不吭聲。另一個吹著一截蘆笛，他一邊以眼角瞄著我們，一邊重複吹著從那樂器裡發出來的三個音。

在這一刻，周圍只有陽光和靜默，以及水泉淙淙聲，和那三個音。雷蒙把手伸進口袋按著他的手槍，但那人並沒動一下。他們彼此以目光對峙。我注意到吹蘆笛那個人的腳趾頭分得很開。雷蒙目光不離對方，問我：「我做了他？」我想如果說不，他一激動起來想必會開槍。我只是說：「他還沒跟你說什麼呢！如果這樣就開槍太不上道了。」我們在一片寧靜和炙熱中，只聽得水聲和笛聲。然後雷蒙說：「那麼我幹他幾句，他一還口，我就做了他。」我回答：「就這樣。不過他要是沒掏出刀子，你不能開槍。」雷蒙有點激動。另一個阿拉伯人一直吹著蘆笛，他們兩個注意著雷蒙的一舉一動。我對雷蒙說：「不，你跟他單挑，把手槍給我。要是另一個人上了，或是掏出刀子，我就做了他。」

雷蒙給我手槍時，太陽光在槍上閃了一下。不過，我們都還是站在那兒不動，就好像周圍的一切緊緊向我們聚攏過來。我們彼此直直盯著對方，在海、沙和陽光之間，一切都靜止了。再沒有水聲、笛聲。這一刻，我心裡想，可以開槍，也可以不開槍。但阿拉伯人在這時突然往後跑，溜到了岩石後面。雷蒙和我折了回來。他看起來好多了，跟我說起回程的巴士。

我陪著他回到木屋，在他爬上木梯時，我待在木梯的第一階，滿腦子是轟轟然的太陽光，沒勁爬上木梯，也沒勁去跟女士們說話。但就算不動，那從天上落下來的一陣陣教人眼花的光雨也熱得我難受。留在這裡，或是到別處，兩者並沒有差別。過了一會兒，我又回到海灘，往前走了起來。

陽光一樣是火紅一片。大海裡湧起小碎浪，在沙灘上急促來回波盪。我慢慢走向山岩，我感覺額頭被太陽曬得膨脹起來。整個熱氣都壓在我身上，讓我舉步維艱。每當我感覺到一股熱氣哈在我臉上，我就咬咬牙，在我長褲口袋裡握緊拳頭，我使盡全力想要戰勝陽光，戰勝這個壓得我抬不起身的迷醉狀態。從沙子裡、從白色貝殼裡、從玻璃碎片裡射出來的每道像劍一樣的亮光都讓我咬緊牙關。我走了很久。

我遠遠看見一塊深色的巨岩，籠罩在因光線和海上細塵形成的一層耀眼的光暈中。我想到了在巨岩後面那口清涼的水泉。我想再聽聽那淙淙水聲，想避開陽光，避開耗力的事和女人的哭聲，總之，我想找到陰影，休息一下。但是我走近以後，又看見了找雷蒙的那個傢伙回來了。

他就一個人。他仰面躺著，兩手枕在頸後，臉在岩石的陰影中，陽光攏著他全身。他藍色的工作服被曬得冒熱氣。我有點吃驚。對我來說，那件事已經了結，我回到這裡，根本沒想到那件事。

他一看見我，略略抬起頭，把手放進他口袋。我自然是握緊了上衣口袋裡那把雷蒙的手槍。這時他又朝後躺了下去，不過手不離口袋。我離他有點遠，大約十來公尺的距離。我時不時隱約看見藏在他半閉眼皮中的目光。不過我更常看見的是，在火紅的熱氣中，他的臉在我眼前跳動著。波浪聲顯得更加慵懶，比中午時更加平靜。同樣的太陽、同樣的光線曬在那一直延伸到這裡來的同樣沙灘上。兩小時以來，時間沉滯不前。兩個小時，白日在沸騰的金屬海洋上定住不動。我一直盯著那個阿拉伯人看，我只有從眼角隱約看見在地平線上有個小黑點，是一艘小汽船經過。

我想我只要向後轉，就沒事了。但是一整個海灘在太陽光中晃動，緊逼在我身後。我往水泉走了幾步。阿拉伯人沒動一下。不管怎樣，他還離我有段距離。也許是因為他臉上的陰影，他好像在笑。我等著。太陽曬得我臉頰灼熱，我感覺有汗珠聚在我的眉毛上。這太陽和媽媽下葬那天的是一樣的，我也像那時候一樣，頭痛得難受，全身的血液在皮膚底下咻咻湧動。我再也受不了這樣炙烈的日曬，我往前走了一步。我知道這很蠢，往前走一步並不能讓我擺脫陽光。但我走了一步，僅僅一小步。這一次，阿拉伯人沒起身，但他掏出了刀子，在陽光下向我晃了晃。光線在鋼刀上閃了一下，宛如一把光燦燦的長劍刺中我額頭。就在這時候，聚在眉毛上的汗珠一下子流到我眼皮上，滿滿蒙上一層微溫的水簾。這如淚水一般鹹澀的水簾讓我眼睛看不見。我只感覺到太陽的銅鈸擊打在我腦門上，朦朦朧朧間，那把刀子的炫目光芒一直對著我。滾燙的刀鋒扎著我的睫毛，刺入我痛苦的雙眼。就在這時候，一切都晃蕩起來。從大海襲來了一股濃重、炙熱的風。我覺得整個天空好像開了一個大大的口，好讓火燙燙的光線像雨一樣落下來。我整個人繃得緊緊的，我的手緊握著手槍。扳機扣動了。我摸摸光滑的槍托，斷然一聲震耳欲聾的槍響，一切就開始了。我甩掉了汗水和陽光。我意識到我毀了這一天的平衡，毀了海灘上異常的沉靜，我本來在這兒是很開心的。這時我又朝那個不動了的人身上開了四槍，子彈深入他沒反應的身體裡，就好像是我在厄運之門上短促地敲了四下。

第二部

1

我被捕以後，立刻被審訊多次。不過只是驗明身份的審訊，過程並不長。第一次在警察局時，大家似乎都對我的案子沒興趣。八天後，一位預審法官反倒是好奇地打量我。不過一開始，他只是問我的名字、地址、職業、出生日期和出生地。然後他想知道我是不是選定了律師。我說沒有，我向他提問，想知道是不是一定要有個律師。他說：「為什麼這麼問？」我回答我覺得我的案子很簡單。他笑著說：「這是一種看法。不過，法律就是法律。如果您不找律師，我們會指定一個公派律師給您。」我覺得法律還考慮到這些細節真是太便利了。我把這個想法告訴他。他同意我的說法，還說法律制定得很周詳。

剛開始，我並沒有認真看待他。他在一間掛著窗簾的辦公室見我，他桌上只有一盞燈，照在他讓我坐的那把椅子上，他自己卻處在暗處。我已經在書上讀過類似的描述，讓我覺得這一切像是一場遊戲。在談話結束以後，我看了看他，看到他五官細緻，藍色的眼睛深陷，身材高大，蓄著灰色的長鬍子，頭髮濃密，幾乎都白了。我覺得他看來很講理，總之很和藹，雖然他會習慣性的揚揚嘴角。走出他辦公室時，我甚至想伸手和他握手，但我及時想起了我殺了一個人。

第二天，一位律師到監獄來看我。他身材矮胖，還滿年輕，頭髮梳得服服貼貼。儘管天氣很熱（我只穿著襯衫），他穿了一套深色西裝，襯衫是宴會領，打了一條有黑白粗大條紋的古怪領帶。他把夾在腋下的公事包放在我床上，做了自我介紹，並說他研究了我的案子。我的案子很棘手，但如果我信任他，勝訴不是問題。我謝謝他，他對我說：「我們直接進入問題的核心。」

他坐在床上，向我解釋，他們查了查我的私生活，知道我母親最近在養老院裡過世。他們到馬倫哥做了調查。預審法官得知在媽媽下葬的那一天，「我顯得很冷漠」。律師對我說：「您也明白，我有點不好意思問您這件事。但是這很重要。要是我找不到話回應，這在起訴時會是個重要的論據。」他要我幫幫他。他問我那一天是不是很難過。這個問題讓我非常吃驚，我覺得如果換作是我來問這個問題，我會很不自在。不過我回答他，我有點失去了省察自己的習慣，很難給他什麼資訊。我當然是很愛媽媽，但這並不代表什麼。所有的正常人多少都期盼他們親愛的人死去。說到這兒，律師打斷了我，他顯得很激動。他要我保證不在法庭上說這種話，也不在預審法官面前說。但是我跟他解釋，我的天性是只要身體一有狀況往往就會干擾我的感受。安葬媽媽的那一天，我又累又睏，根本沒意識到發生的事。我能確定的是，我寧願媽媽沒死。但是律師看來並不滿意。他說：「這樣是不夠的。」

他思索了一會兒。他問我能不能說那天我壓抑了自己天生的感情。我跟他說：「不能，因為這不是真的。」他表情怪異地看著我，就好像我讓他覺得有點噁心。他口氣有點凶地告訴我，無論如何，到時候療養院的院長和工作人員會以證人的身份出庭，「這會對我非常不利」。我提醒他，這件事和我的案子並沒有關係，他只是回答我，我顯然不曾和法律有過牽扯。

他生氣地走了。我倒是想留住他，跟他說我希望他對我有好感，不是為了好好為我辯護，而是，能正常地為我辯護，如果，我能這麼說的話。尤其，我發現自己讓他覺得不舒服。他不瞭解我，他有點責怪我。我想向他表示，我跟所有的人一樣，跟所有的人完全一樣。但這畢竟沒什麼用，我也懶得去說。

不久，我又被帶到預審法官那裡。時間是下午兩點鐘，這一次他辦公室裡燈光大亮，只有一層薄紗窗簾讓光線變得稍柔和。天氣炎熱。他讓我坐下，很客氣地對我說我的律師「因為有意外狀況」不能來。不過我有權利不回答他的問題，等我的律師在場再說。我說我可以單獨作答。他按了桌上的一個鈴。進來了一位年輕的書記官，他幾乎是貼著我身後坐下。

我們兩個人都在椅子上正襟危坐。審訊開始了。他先是跟我說，別人都說我沉默寡言，性格內斂，他想知道我對這有什麼看法。我回答：「這是因為我沒什麼話好說。所以我就不說話。」他像第一次那樣笑了，承認這是最好的理由，他還加上一句：「不過這不重要。」他不作聲，看了看我，突然挺起身子，很快地對我說：「我感興趣的，是您這個人。」我不太懂他這句話是什麼意思。我沒接話。他接著說：「我不太明白您的某些舉動，我相信您會幫助我瞭解情況。」我說一切都很簡單。他敦促我再向他描述一次那天的情景。我就又把已經跟他說過的事講一遍：雷蒙、海灘、游泳、打架、又是海灘、小水泉、太陽、開了五槍。我每說一句話，他都說：「好，好。」在我說到那人躺在地上時，他贊同地說：「很好。」重複講同樣的事讓我很厭煩，我覺得我從沒講過這麼多話。

一陣沉默之後，他站起來，對我說他要幫助我，說他對我感興趣，說在上帝的幫助下，他能為我做些事。但在此之前，他還要問我幾個問題，緊接著他就問我愛不愛媽媽。我說：「愛，就和大家一樣。」本來一直規律打著字的書記官大概是按錯了鍵，因為他很不好意思，不得不把打字機捲軸往後退。法官問話顯然沒什麼邏輯，他這時又問我是不是連續開了五槍。我想了一想，說我先是開了一槍，幾秒鐘之後，又開了四槍。他說：「您為什麼等了一下才開第二次槍？」我再一次見到了火紅的海灘，感覺到曝曬在我額頭上的太陽。但是這一次，我沒回答。在沉默之中，法官看來很焦躁。他坐在那兒，撥了撥頭髮，把兩肘撐在辦公桌上，臉上帶著奇怪的神色微微欠身對著我：「為什麼，您為什麼對躺在地上的人開槍？」對這個問題，我還是不知道怎麼回答。法官撫撫額頭，用有點變調的聲音重複他的問題：「為什麼？您得回答我。為什麼？」我一直不作聲。

突然，他站起來，大步走到他辦公室的另一頭，打開文件櫃的一個抽屜。他拿出了一個銀十字架，揮動著它，走向我來。他聲音完全變了，幾乎是顫抖著地大聲說：「您認識祂嗎？」我說：「認識，當然認識。」於是他把話說得很快，並以熱情的口吻對我說，他相信上帝，他的信念是，對上帝來說，人的罪孽都不夠深重，祂總能赦免他，不過為了得到上帝的赦免，人必須懺悔，成為小孩子的樣式，淘空心靈，準備好承接上帝。[7]他站在桌前，整個身子往前傾，幾乎就在我頭頂上揮動十字架。說真的，我不懂他的論證，一來是因為我很熱，他辦公室裡有幾隻大蒼蠅停在我臉上，再來也是因為他有點嚇到我。我同時也覺得這很可笑，因為畢竟我是罪犯。不過他還是繼續講個不停。我有點明白了，根據他的想法，在我的自白裡只有一點不清楚，就是我為什麼等了一下才開第二次槍。其他的都很好，但就這一點他不明白。

我正要跟他說，他沒必要拘泥於這一點。最後這一點並沒那麼重

7　譯註：「成為小孩子的樣式」是聖經和合本在馬太福音十八章第三節的譯法。「淘空」的法文則是：vide，聖經中也有類似的說法，人必須將像房間一樣雜亂的心靈，騰挪出空間，以接納上帝。

要。但是他打斷了我，最後一次勸勉我。他高高站著，問我相信不相信上帝。我回答，不信。他憤慨地坐回椅子上。他對我說，這是不可能的，所有的人都相信上帝，即使是那些轉臉不看上帝的人。[8]這就是他的信念，要是他懷疑起這一點，他的人生就沒意義。他嚷著說：「您要我的人生沒有意義嗎？」我覺得這不關我的事，我也這麼跟他說了。但是他越過桌子，把耶穌推到我眼前，狂呼著說：「我，我是基督徒。我請求基督饒恕你的罪過。你怎麼可能不相信祂為你受難？」我注意到了他用「你」稱呼我，[9]但我已經受夠了。這裡熱得越來越難受。平常，我如果想打發一個我不再聽他說話的人，我就會露出贊同的表情。出乎我意

8 譯註：「轉臉不看上帝」是聖經中的說法。

9 編註：這裡是敘述者第二次強調自己被稱為「你」。

料的是，他竟以為自己說服我了。他說：「你看，你看，你這不就信了嗎？你就要向祂懺悔了！」當然，我又說了一次不信。他跌坐在椅子上。

他看來很疲倦。他停了好久沒說話，一直跟著我們談話的打字機還繼續打了最後幾個句子。然後，他專注地看著我，神情有點悲傷。他低聲說：「我從沒見過像您這麼頑固的靈魂。來到我面前的罪犯見了耶穌的受難苦像沒有不流淚的。」我差點回答他說，那正好是因為他們是罪犯。但我想起了自己也跟他們一樣。我就是沒辦法把自己也當罪犯。法官這時站了起來，彷彿是表示審訊已經結束。他還是一臉疲憊的樣子，只問了問我，是不是對我的行為感到後悔。我想了一下，說與其是後悔，我更覺得厭煩。我感覺他並不懂我在說什麼。不過這一天就再沒有其他的事了。

後來我常常見到這位預審法官，只是每次都有律師陪著。法官都只是要我就前幾次的自白再澄清某些點。或者是法官和我的律師討論起控告的罪名。但實際上，在這時候他們都不太理我了。總之，審訊的調子漸漸變了。法官似乎對我不再感興趣，可以說是已經把我的案子歸了檔。他不再跟我談上帝，我也沒再見到他像第一天那麼激動。結果是，我們之間的談話變得比較熱絡。問幾個問題，和我的律師聊幾句，審訊就結束了。照法官自己的說法，我的案子按程序走著。有幾次，他們談到了一般的問題，也會讓我加入談話。這時我才能喘息一下。在這時候，沒有人對我不和善。一切都這麼自然、這麼有分寸、這麼井然有序，讓我有個可笑的錯覺是，我「是他們自己人」。預審持續了十一個月，我可以說，我很訝異有那麼少少的幾次，法官陪我走到門口拍著我的肩膀親切地說：「今天到此為止，反基督先生。」的時刻，竟讓我覺得開心。然後，他們又將我交給了法警。

2

有些事我從來不愛提起。我進了監獄以後，沒幾天就意識到我是不會喜歡談這一段人生的。

後來我就覺得排斥這個沒什麼必要。剛開始幾天我其實並沒真的在坐牢。我隱約等著新的狀況發生。只是在瑪麗第一次也是唯一一次來看過我以後，一切才開始的。從我收到她的信的那一天（她在信上說，他們不准她再來，因為她不是我妻子），從這一天開始，我感覺我的牢房成了我的家，我的人生在此打住。我被捕的那一天，先是被關在一間有許多人犯的大監牢裡，其中大部分是阿拉伯人。他們看到我都笑了。然後他們問我做了什麼，我說我殺了一個阿拉伯人，他們全都不再說話。不過，不久以後天就黑了。他們跟我解釋該怎麼擺睡覺用的蓆子。把蓆子一頭捲起來，可以當枕頭。一整夜，臭蟲在我臉上爬。幾天後，我被單獨關在一間牢房裡，睡在一塊木頭床板上。我有一個尿桶和一個鐵盆。監獄座落在這個城市的最高處，透過一扇小窗子，我看得到海。有一天，我正抓著鐵欄杆，臉就著有光的地方，一個看守人進來說有人來看我。我想是瑪麗。果然是她。

到會客室去，我先是走過一道長長的走廊，然後是階梯，最後又是另一道走廊。我走進一間明亮的大廳，光線是從大片落地窗裡引進來的。有兩道大柵欄將長形的大廳直直分為三部分。兩道柵欄相距八到十公尺，遠遠隔開了探訪的人和囚犯。我看見瑪麗就在我對面，她穿著條紋洋裝，臉曬得黑黑的。在我這一邊，有十幾個囚犯，大部分是阿拉伯人。瑪麗身邊都是摩爾人，左右各站了一個，一個是穿著黑衣、嘴唇緊閉的小老太太，一個是沒包頭巾的胖女人，比手畫腳，說話聲音很大。因為柵欄之間的距離，探訪的人和囚犯都不得不高聲叫喊。我走進這裡時，吵吵鬧鬧的說話聲撞擊在大廳光禿禿的牆面上，強烈的光線從天上流瀉到玻璃上，射進大廳裡，讓我頭昏目眩。我的牢房安靜多了，也昏暗多了。我花好幾秒鐘才適應。不過，我終於清清楚楚地看見每一張臉，在白日裡顯得分明。我注意到有個看守人坐在兩道柵欄之間的一頭。大部分的阿拉伯囚犯和來探訪的家人都面對面蹲著。他們不大喊大叫。儘管四周吵雜，他們壓低聲音說話，彼此還是聽得見。他們低低切切的聲音從下往上升起，形成了持續不斷的低音，和在他們頭上來回穿梭的對話交纏在一起。我在走向瑪麗時，很快就察覺到了這一切。她緊緊貼著柵欄，努力對我擠出一個微笑。我覺得她很漂亮，但我不知道怎麼對她說。

她大聲對我說：「怎樣樣？」

「就這樣。」

「你還好嗎，你不缺什麼吧？」

「嗯，不缺。」

我們不再說話，瑪麗臉上一直帶著笑。那個胖女人對著我隔壁的那人吼，那人大概是她丈夫，個頭高大，金髮，眼神直率。他們早就談了一段時間，我聽到的是下文。

她大聲喊著：「珍娜不願意把他帶去。」男人回答：「喔，喔。」「我跟她說，你出來以後就會帶他回來，但她就是不願意。」

瑪麗也大聲叫起來，說雷蒙問候我。我說：「謝謝。」但我的聲音被旁邊那個人蓋了過去，他問道：「他好嗎？」他太太笑著說：「他身體從來沒這麼好過。」在我左邊的是一個雙手纖細、小個頭的年輕人，他什麼話都沒說。我發現在他對面的是一個小老太太，他們兩人彼此深深地看著對方。但我沒能觀察得更仔細，因為瑪麗對我喊著說，要抱著希望。我回答：「好。」同時，我看著她，我好想隔著洋裝摟著她的肩膀。我好想觸摸那細緻的布料，我不太知道除此之外，還要抱什麼希望。不過這想必就是瑪麗剛才所要表達的，因為她一直帶著笑。我只看到她牙齒發亮，和她眼角的小皺紋。她又喊著說：「你會出來的，一出來我們就結婚。」我回答：「你這麼相信？」但這主要是沒話找話說。她說對，話說得很快，而且很大聲。她說，我會被釋放的，我們還要一起去游泳。但旁邊那個女人又大聲吼，說她在書記室留了一個籃子。她一樣一樣地說她在裡頭放了什麼。要一一查對，因為這花了她許多錢。我旁邊的另一位還是一直和他母親對望著。蹲在地上的阿拉伯人繼續在我們下面低聲交談。戶外，光線似乎越來越強烈，直直射在落地窗上。

我覺得自己有點不舒服，我真想離開。吵雜聲讓我難受。但另一方面，我又想讓瑪麗再陪陪我。我不知道時間過了多久。瑪麗跟我提到她的工作，她一直微笑著。低語聲、喊叫聲、談話聲交織成一片。只有在我旁邊緊緊相望的這小個子年輕人和他的母親，是個安靜的小孤島。漸漸地，一個個阿拉伯人被帶走。第一個人一走出去，大廳裡所有的人幾乎都不說話了。小老太太湊近了柵欄，這時，一個看守人示意她兒子該走了。他說：「媽媽，再見。」她把手伸過柵欄，慢慢、久久地向他擺擺手。

她一離開，走進來一個男人，手拿著帽子，來到她原先的地方。看守人帶進來一個囚犯，他們兩人談得很熱烈，但是壓低了聲音，因為大廳已經安靜下來。輪到我右邊的那一個要被帶走了，他太太像是沒注意到不必要再喊叫，仍然拉高嗓子嚷著說：「照顧好自己，凡事小心。」然後就該我了。瑪麗做了一個吻我的姿勢。我在走出大廳前，回頭看了看。她動也不動，臉緊緊貼近柵欄，帶著不自然的微笑，顯得有些徬徨。

她的信是在不久之後寫的。那些我從來不想談的事也是從這時候開始的。無論如何，不必把事情誇大，這件事對我倒是比其他事來得容易。不過，剛開始坐牢時，最難忍受的是我還有自由人的思維。例如，我很想到海灘去，走進大海裡。我想像著腳底下浪水的聲音，想像著把身體泡進水裡那種解脫的感受，這時我忽然意識到牢房的四堵牆是多麼地迫近。不過這種感覺只持續了幾個月。接著我就只有囚犯的思維。我等著每天到院子裡走一走，等著律師到訪。其餘的時間我也安排得非常好。我常常想，如果讓我住在枯樹幹裡，整天只是抬頭看看天上的花朵，我也會漸漸習慣的。我會等著鳥飛過、雲流動，就像我在這裡等著我律師打各種奇特的領帶，也像在另一個世界裡，我耐心等著星期六到來好擁抱瑪麗一樣。不過再仔細一想，我並不是住在枯樹幹裡。比我更不幸的人多得是。這恰好是媽媽所想的，她常說，久而久之一切都會習慣的。

其實，我的念頭通常不會飄這麼遠。剛開始幾個月很難熬。不過我費了一點勁，才讓自己挺過去。例如，我苦惱的是，我很想要女人。這很自然，我還很年輕。我從來沒特別想到瑪麗。但我想著女人、所有我認識的女人、在各種情況下所有我愛過的女人，想得我牢房裡滿是女人的臉孔，滿是我的慾望。某方面來說，這讓我心理失了平衡。但從另一方面來說，這讓我消磨了時間。我終於贏得看守長的好感，他總是在吃飯時間帶著一個廚房的小弟來。是他先跟我談起了女人。他跟我說，其他囚犯第一件抱怨的事就是這個。我跟他說，我和他們一樣，我覺得這很不公道。他說：「但就是為了這個，才把你們關進監獄裡。」

「怎麼說，為了這個？」

「沒錯呀，自由，就是這個。你們被剝奪了自由。」我從來沒這樣想過。我同意他的說法，我對他說：「這是真的，要不然怎麼算是懲罰？」

「是啊，您能懂的。其他人不懂。他們最後只好自己抒解。」說完看守人就走了。

還有香菸也是個問題。我進監獄時，他們拿走了我的皮帶、鞋帶、領帶，和所有口袋裡的東西，特別是香菸。一進牢房，我請他們把香菸還我。但他們告訴我，這是不准的。頭幾天很難熬。最讓我沮喪的說不定就是這個。我從床板上折下一段木頭，在嘴巴裡吸著。吸得我整天想吐。我不懂為什麼要剝奪我這個，這又不會危及任何人。後來，我明白了這也是懲罰的一部分。不過，這時候我已經習慣了不抽菸，這對我就不再是懲罰。

除了這些不便，我並沒有吃太多苦頭。再說一次，所有的問題都在於怎麼殺時間。從我學會了回憶的那一刻起，我就一點也不再覺得無聊。我有時會想想我的公寓，在想像中，我從公寓的一角開始，再回到原處，心裡數算著途中所看到的東西。剛開始，很快就想完一趟。但每一回重新開始，時間就會拉得比較長，因為我回想起每件家具，每一件家具上的每樣東西，每一樣東西的每處細節，每一處細節或是有鑲嵌、有裂縫、邊邊有缺口，還有它們的顏色或是紋理。同時，我試著在清點時不中斷思路，一樣一樣東西都不漏掉。幾個星期以後，光是數算在我房間裡的東西，就會耗掉我好幾個小時。就這樣，越是回想，越是有些被埋沒、被遺忘了的東西從腦海中蹦出來。我因此瞭解到，一個人只要活過一天，他就能在監獄裡待上一百年，毫無困難。他會有足夠的回憶，不致感到無聊。從某個角度來說，這也是一種好處。

另外還有睡覺的問題。剛開始，我晚上睡不好，白天完全睡不著。漸漸地，晚上睡得好，白天也可以睡得著。可以說，到最後幾個月，我每天能睡十六到十八個小時。我每天要消磨的時間就只剩六個小時，其中包括三餐、大小便、我的回憶，和捷克斯洛伐克人的故事。

我在草墊和床板之間，找到了一小角的舊報紙頭，發黃、透明，幾乎黏在布上。上面是一則社會新聞，缺了開頭的部分，不過看得出來事情是發生在捷克斯洛伐克。一個人離開了捷克的村莊，想到城裡謀生。

二十五年後，他發了財，帶著太太和一個孩子回到村莊。他媽媽和妹妹在他家鄉開了一家旅館。為了給她們一個驚喜，他把太太和孩子留在另一個地方，單獨前往他媽媽的旅館，在他走進旅館時，媽媽並沒有認出他。他想開個玩笑，就租了一個房間，還特意露出了他的錢財。到了夜裡，媽媽和妹妹為竊取他的錢，拿榔頭打死了他，並把屍體丟進河裡。第二天一早，他太太來到旅館，在不知情的情況下，向她們揭露了他的身份。媽媽因此上吊，妹妹投井自殺。我把這個故事讀了千百遍。一方面，它不像是真的。另一方面卻又很自然。總之，我覺得那個男人有點是自找的，他永遠不該做這種事。

就這樣，長時間的睡覺、回憶、讀一讀這則社會新聞，還有晝夜的交替，時間也就過了。我曾經在哪兒讀過，說在監獄裡最後都會失去時間觀念。但是這對我並沒多大意義。我始終不明白，日子怎麼會這麼漫長，又短促。日子過起來長，這是沒有疑問的，但是長得失去了張力，最後只是一天過去又一天，天天過不完。每一天的日子都失去了名稱。只有昨天和明天這兩個詞對我還有些許意義。

有一天，看守人告訴我，我在這兒已經五個月了，我相信他說的，但是我卻不理解這句話。對我來說，我在牢房裡過的都是同一天，做著同樣的事。這一天，在看守人走後，我就著吃飯用的鐵盆看了看自己。我覺得即使我試著微笑，我的臉還是很嚴肅的。我晃了晃鐵盆。我笑了笑，但我還是一副嚴謹又憂愁的樣子。天黑了，我很不愛談起的就是這個時刻，無以名之的時刻，監獄各樓層響起了夜晚的嘈雜聲，隨之而來的是一片寂靜。我走近鐵窗，在最後一抹光線中，我又一次端詳著我的臉。我還是顯得很嚴肅，但這有什麼奇怪的呢？在這個時候，我不就是這樣子的嗎？但是在同時，這是好幾個月以來我第一次清楚聽見了自己的聲音。我認出了那個長久以來在我耳邊迴響的聲音，我意識到在這段時間，我都是一個人說著話。這時我想起了在媽媽葬禮上那位護士說的話。是的，一切都不可能了，沒有人能想像監獄裡晚上的情景。

3

我可以說，一個夏天接一個夏天來，日子也是過得很快的。我知道天氣一開始熱起來，我的事情也會有新發展了。我的案子是排在刑事法庭最後一次開庭時審理，這次開庭將於六月份結束。在展開辯論時，外頭豔陽高照。我的律師向我保證，辯論不會超過兩、三天。他還說：「法庭趕著辦理案件，因為您的案子並不是這次開庭最重要的。還有一件殺害父親的案子緊跟在後頭。」

早上七點半，有人領我出來，一輛囚車把我帶到法院。兩名法警讓我進了一間滿是滯悶味的小房間。我們坐在門邊等了一會兒，門後傳來了說話聲、叫喊聲、挪動椅子的聲音，這一切的混亂吵雜讓我想起了在街頭上舉行的節慶，在音樂會以後，大家收拾著場地，以便跳舞。法警告訴我，要等一下才開庭，其中一個法警遞給我一根菸，我拒絕了。不久他問我「會不會緊張」。我回答，不會。甚至，從某方面來說，我倒是很有興趣看看訴訟是怎麼進行的，我這輩子還沒機會見識見識。第二個法警說：「是沒錯，不過這些最後還是會讓人厭煩的。」

不一會兒，另一旁的大廳一聲鈴響。於是他們解開我的手銬，幫我打開門，讓我走進被告席。大廳裡坐了滿滿的人。雖然百葉窗拉了下來，太陽還是從某些地方透進來，空氣令人窒息。窗戶都關了起來。我坐下，兩邊各站著一位法警。就在這時候，我注意到面前有一排面孔。他們全都看著我。我明白了他們是陪審團。但我無法分辨他們每個人有什麼不同。我只有一個印象，彷彿我是坐在電車上，對面椅座上的陌生乘客窺視著剛上車的人，看他是不是有什麼可笑的舉動。我知道這個想法很荒唐，因為他們在這裡要找的不是可笑的舉動，而是罪行。不過，這兩者的區別並不大，總之，我就是起了這樣的念頭。

在這門窗緊閉的大廳裡的這些人也讓我有點頭昏。我又看了看法庭，但我還是分不清任何一張臉孔。我想我一開始並沒有意識到這些人都是為了來看我。通常，別人是不太會注意我這個人的。我得花點力氣才瞭解，我是這一切騷動的根由。我對法警說：「人真多！」他回答我，這都是因為報紙的報導，他向我指了指在陪審團座位下方桌子旁邊的一群人。他對我說：「就是他們。」我問：「誰？」他說：「記者。」他認識的一位記者這時候也看見了他，便往我們這邊走過來。這位記者年紀已經很大，人很和善，臉上表情有點詼諧。他很熱絡地和法警握手。我注意到在這時候所有的人都動了起來，互相招呼、彼此談話，就好像在俱樂部裡大家很高興看到和自己同一個圈子的人。這時候，我也才明白，為什麼我剛剛有個奇怪的感覺，覺得自己像是個多餘的人，有點像是擅自闖入的人。不過，那位記者笑著跟我說話。他跟我說，希望我一切順利。我謝謝他，他又說：「您知道的，我們報導了您的案子。夏天，是報紙的淡季。只有您的案子和殺害父親的那個案子有點引人關注。」他向我指了指他剛剛所在的那一群人當中的一個小個子，一個像是胖胖的鼬鼠、戴著黑框的大眼鏡的人。他說，那人是巴黎一家報紙的特派員：「不過他不是為您而來的。但他負責報導那件弒父案，他們也就要他順便提一下您的案子。」說到這裡，我差點謝謝他。但我想這會很可笑。他親切地向我擺擺手，就離開了我們。我們又等了幾分鐘。

我的律師到了，他穿了律師袍，身邊還有許多同行。他走到記者那裡，和其中幾個人握了握手。他們彼此開了玩笑，笑了起來，他們看起來很輕鬆自在，直到法庭上的鈴聲又響起來。大家都回到自己的位置。我的律師走到我這邊，跟我握了手，建議我回答問題要簡短，別主動說話，其他的就交給他來辦。

我聽見左邊有拉開椅子的聲音，看見一位高高瘦瘦的男人穿著紅色袍子，戴著夾鼻眼鏡，坐下來時還仔細地折好他的法袍。他是檢察官。一位執行官宣布開庭。同時，兩個大風扇開始轟轟作響。三名法官，兩個穿著黑袍，一個穿著紅袍，抱著一疊文件進來了，很快地走到高踞法庭的席位上。穿紅袍的法官坐在中間的位置，把他的帽子放在面前，拿手帕擦了擦他禿了的頭，宣布審訊開始。

每個記者手裡都已經拿著筆。他們看來都漠不關心，甚至有點嘲諷的神情。不過，他們當中有一個年紀很輕的，穿著灰色法蘭絨，繫著一條藍色領帶，他把筆放在面前，注視著我。在他有點不對稱的臉上，我只看見他兩只顏色很淺的眼睛，專注地打量著我，看不出來他在想什麼。我有個奇怪的感覺是，我被我自己看著。也許就是因為這樣，也因為我不瞭解法庭的規矩，我有點看不懂接下來發生的事，像是陪審團抽籤，庭長向律師、向檢察官、向陪審團提問（每一次，每個陪審員都同時轉頭看著法官），很快地唸了一遍起訴書（我聽出了一些地名和人名），再一次向我律師提問。

不過，庭長說他要先傳訊證人。執行官唸了一些名字，引起了我的注意。在剛剛我分辨不出面孔的觀眾席中，我看見了養老院的院長、門房、老托馬．培賀茲、雷蒙、馬松、薩拉馬諾和瑪麗一個接一個地站了起來，然後從一道側門走出去。瑪麗不安地對我使了個眼色，我很訝異自己竟然沒早點注意到他們。最後叫到塞勒斯特時，他站了起來。我認出了在他旁邊的是我在餐廳見過的那個像機器般的小個子女人，她還是穿那件外套，神情一樣俐落、果斷。她緊緊盯著我看。但我還來不及想什麼，庭長就說起話來。他說真正的辯論即將開始，他想他不必要再叮囑聽眾要保持安靜。他表示，對一宗他要客觀對待的案子，他的職責是沒有偏私地引導辯論。陪審團的判決也是依循公正的精神，而且萬一稍有騷亂，他會把所有的聽眾逐出法庭。

大廳裡更熱了，我看見法庭助理都用報紙搧起風來，持續發出了窸窸窣窣的細小紙聲。庭長做了個手勢，執行官拿來了三只草編的大扇子，三名法官立刻用了起來。

審訊立刻開始。庭長平心靜氣地問我問題，我甚至覺得他很親切。他又要我說出自己的名字等驗明身份的資料，我雖然感到不快，但覺得到底這是很自然的事，萬一把一個人當成另一個來審判，那可就嚴重了。接著庭長敘述了我所做的事，而且每三句就問我一次：「是這樣沒錯吧？」我也根據律師的指示，每次都回答：「是的，庭長」。這花了很多時間，因為庭長在敘述時添加了許多細節。在這時候，記者都振筆疾書，我感覺到了他們當中最年輕的那個記者以及那個機器般的小個子女人的目光。電車椅座上的那一排人全都轉向看著庭長。庭長咳嗽了一聲，翻看著文件，一邊搧著扇子，一邊看著我。

他跟我說，他現在要問我幾個和我的案子表面上沒有關係的問題，但說不定這些問題正好碰觸到事件的核心。我知道他又要談起媽媽，同時我感覺到這有多讓我厭煩。他問我，為什麼把媽媽放在養老院裡。我回答，因為我沒錢請人看顧她、照料她。他問我，這事是不是讓我感覺難受，我回答，不管是媽媽或是我，我們都不再期待對方什麼，也不期待別人什麼，而且我們兩個人都習慣了新生活。庭長說，那麼他就不再堅持這一點，他問檢察官是否有其他問題要問我。

檢察官半轉過身背對著我，不看我，他表示在庭長的同意下，他想要問我，是不是有殺害阿拉伯人的意圖，才獨自一人回到水泉那裡。我回答：「不。」「那麼為什麼帶著槍、為什麼又回到同一個地方？」我說這純粹是出於偶然。檢察官沒好氣地說：「暫時就問到這裡。」接下來的一切有點混亂，至少對我來說如此。不過，在幾番磋商之後，庭長宣布休庭，下午再聽取證人的證詞。

我還來不及思考，他們就把我帶走，坐上囚車，回到監牢裡吃午餐。不多久，我才剛意識到我很累，他們就又領我出來；一切重頭來過，我回到同一間大廳，面對著同樣的一群人。只是大廳裡更熱了，而且像奇蹟似的，每個陪審員、檢察官、我的律師，和幾名記者都有一把草編的扇子。那名年輕的記者和那個小個子女人也還在那兒。不過他們沒搧扇子，只是無言地望著我。

我擦擦臉上的汗，我只有在聽到傳喚養老院院長時，才稍稍意識到我所處的地方和我自己。他們問院長，媽媽是不是埋怨過我，他說是，不過院裡的老人幾乎都有埋怨親人的毛病。庭長要他進一步說明，她是否曾經抱怨過我把她送進養老院，院長說是。但這一次，他沒有再補充什麼。就另外一個問題，他回答說，他很訝異我在葬禮那天表現得很冷靜。庭長問他，他所謂的冷靜是指什麼。院長這時看了看他的鞋尖，他說，我不想看媽媽，我一次都沒有哭，下葬之後我立刻離開，沒在墳墓前默哀一會兒。還有另外一件事讓他吃驚：葬儀社的一名員工告訴他，我不知道媽媽的年紀。法庭上安靜了一會兒，沒人作聲，庭長又問他，他說的人是不是確實就是我。院長不懂這個問題，庭長對他說：「這是法律程序。」接著庭長問助理檢察官有沒有其他問題要問證人，檢察官大叫著說：「啊，沒有了，這就夠了。」他聲音非常響亮，還得意洋洋地朝著我看，這是許多年來第一次我有一個愚蠢的慾望，就是想哭，因為我感覺這些人是多麼地憎恨我。

庭長先問了陪審團和我的律師有沒有問題要問我，然後就傳喚了養老院的門房。門房和其他人一樣，都重複了同樣的儀式。在坐上證人席時，門房看了看我，又移開目光。他回答了他們問他的問題。他說，我不想看媽媽，我還抽了菸、睡覺、喝了咖啡牛奶。這時我感覺到有什麼激怒了整個大廳，這讓我第一次意識到我是有罪的。他們讓門房把咖啡牛奶和抽菸的事又複述一遍。助理檢察官以嘲諷的眼神看著我。在這時候，我的律師問門房，他是不是和我一起抽了菸。但檢察官猛然站起來，抗議這個提問：「究竟這裡誰是罪犯，意圖污衊證人，以使人低估他的證詞，這又是什麼樣的辯護策略！但他的證詞依然具有不可抹滅的力量。」雖然如此，庭長還是要門房回答問題。老門房神情尷尬地說：「我知道這是不對的，但我不敢拒絕先生遞給我的菸。」最後，他們問我有沒有什麼要補充的。我回答：「沒有。證人說得對。我的確是給了他一根菸。」門房有點訝異地看著我，目光中還帶著感激。他遲疑了一會兒，然後他說，是他主動給我咖啡牛奶的。我的律師得意洋洋地大聲表示，陪審團會重視這個證詞的。不過檢察官在我們頭頂上咆哮，他說：「是的，陪審團會重視這個證詞。而且他們的結論會是，一個外人可以請喝咖啡，但是作為兒子，在生下他的那個人的屍體面前，就應該拒絕。」門房回到了他的座位上。

輪到了托馬．培賀茲，一位執行官扶著他到證人席上。培賀茲說，他主要是認識我母親，他只見過我一次，就是在下葬那一天。他們問他，我在那一天做了什麼，他回答：「您知道的，我那天太難過了，所以我什麼也沒看到。我難過得什麼也看不到。因為那對我實在是太痛苦。我甚至都昏倒了，所以我沒看見先生。」助理檢察官問他，他是否至少看到我哭了。培賀茲回答，沒看見。這時候輪到檢察官說：「陪審團會重視這個證詞的。」但我的律師很不滿。他用一種我覺得有點過分了的口吻問培賀茲：「他是不是看見了我沒哭。」培賀茲回答：「沒看見。」在場的人都笑了。我的律師捲起了一只袖子，用一種不容置辨的口吻說：「看，這就是這場官司的面貌。一切都是真的，但又沒有一樣是真的！」檢察官沉著臉，拿一枝鉛筆戳著他手中文件的標題。

在休庭五分鐘時，我的律師對我說事情漸漸對我有利了，開庭後，庭長傳喚了由被告這一方提出的塞勒斯特。被告，就是我。塞勒斯特時不時朝著我的方向看，手裡摩挲著他的巴拿馬帽。他穿著一套新的西裝，有些星期日他和我一起去看賽馬時就會穿的這套西裝。但我想他沒戴上硬領，因為只有一枚銅鈕釦扣住了他襯衫的領口。他們問他，我是不是他的顧客。他說：「是，但他也是我的朋友。」問他對我的看法，他回答我是個男子漢；問他這話是什麼意思，他表示大家都知道這是什麼意思；又問他是不是注意到我性格陰沉，他只承認我生性沉默，不會說些沒意義的話。助理檢察官問他，我是不是按時付帳。塞勒斯特笑了，他表示：「在我們之間這不是問題。」他們還問他，對我的罪行有什麼看法。這時，他兩手扶著欄杆，看得出來他事先做了些準備。他說：「對我來說，這事真是不幸。不幸，大家都知道是什麼。它讓人無可抗辯。因此，對我來說，這真是個不幸。」他還要繼續說下去，但庭長說他說得很好，謝謝他。塞勒斯特有點愣住了。不過他表示自己還有話說。他們請他講得簡短一點。他又重複地說這是個不幸。庭長告訴他：「是的，當然了。不過我們在這兒就是要審判這一類的不幸。謝謝您。」就好像他已經竭盡全力地表現他的善意，塞勒斯特轉過頭來看我。我覺得他眼裡泛光，雙唇抖動。他彷彿是在問我，他還能做些什麼。我什麼都沒說，也沒做任何表示，但這是我這輩子第一次想要擁抱一個男人。庭長再次請他離開證人席。塞勒斯特回到了旁聽席上坐下。在接下來的審訊時間裡，他都坐在那兒，身子有點往前傾，手肘擱在膝蓋上，巴拿馬帽拿在手裡，聽著庭上所有的對話。瑪麗進來了。她戴著一頂帽子，她還是那麼美。但我比較喜歡她任由頭髮散開。從我所在的地方，我可以看到她乳房婀娜多姿的曲線，我也認出了她總是有點腫的下嘴唇。她似乎很緊張。他們立刻就問她什麼時候認識我的。她表示，從她在我們公司工作時就認識了。庭長想知道她和我是什麼關係。她說，她是我的朋友。就另外一個問題，她回答說，她的確是要跟我結婚。檢察官翻翻他的文件，突然問起她，我們是從什麼時候開始交往的。她說了個日期。檢察官神情淡漠地指出，這似乎是媽媽死後第二天。然後他語帶著譏諷地說，他不想強調這微妙的處境，他明白瑪麗有她的顧忌，但是（此時他的口氣變得更強硬了）他的職責使他不得不越過一般的禮儀規範。於是他要瑪麗講一講我遇見她那一天的情況。瑪麗起先不願意說，但在檢察官的堅持下，她說了我們一起游泳、看電影，最後回到了我家。助理檢察官說，根據瑪麗在預審時所提供的訊息，他看了那一天的電影節目單。他又說，他要瑪麗自己說說我們看了哪部電影。她聲音幾乎變了調，說是費南代爾的一部片子。她說完，大廳裡一片死寂。檢察官站起來，神情嚴肅，用指頭指著我，以一種我覺得十分激動的語調一個字、一個字地慢慢說：「各位陪審員，在母親死後第二天，這個人去游了泳、開始一段不正常的關係，而且開心地去看了一部喜劇電影，我不必再向各位多說什麼了。」他坐下來，大廳裡還是安靜無聲。突然，瑪麗哭了起來，說事情不是這樣的，還有些別的情況，這不是她心裡所想的，他們迫使她說了反話，她很瞭解我，我沒做什麼壞事。不過在庭長的示意下，執行官把她帶了下去，審訊繼續。

接下來是馬松上了證人席。大家都不怎麼聽他的陳述。馬松表示，我是個老實人，「甚至是個正派的人」。輪到薩拉馬諾時，就更沒人聽他說的了。他說，我對他的狗很好。就一個關於媽媽和我的問題，他回答我跟媽媽已經沒話說，所以我把她送進了養老院。薩拉馬諾說：「要諒解啊！要諒解啊！」但似乎沒有人諒解。他們把他帶了下去。

接著輪到了雷蒙，他是最後一名證人。雷蒙向我打了個招呼，立刻就說，我是無辜的。但是庭長表示，他們不是要他做評斷，而是要他陳述事實。他們請他等待提問，再回答問題。他們要他說明他和被害人的關係。雷蒙趁這個機會說，被害人仇視的是他，因為他揍了他妹妹。但是庭長問他，被害人有沒有理由仇視我。雷蒙說，我會在海灘上純粹是偶然。檢察官這時問他，那封引發事端的信怎麼會是我寫的。雷蒙回答，那也是偶然。檢察官反駁他，偶然在這個案子裡對良心的危害真是不小。他想知道，雷蒙揍他情婦時，我沒有制止，是不是也是出於偶然，我到警察局為雷蒙作證是不是也是出於偶然，還有我作證時和他聲氣相通是不是也是出於偶然。最後他問雷蒙做什麼營生，雷蒙回答：「倉管。」這時助理檢察官對陪審團表示，大家都知道這個證人是個拉皮條的。我是他的同謀、他的朋友。這是最下流、最卑鄙的凶殺案件，尤其是由一個道德淪喪的惡魔犯下的而顯得更加嚴重。雷蒙想要辯護，我的律師也起而抗議，但庭長對他們說，要讓助理檢察官把話講完。助理檢察官說：「我沒幾句話要說了。他是您的朋友嗎？」他問雷蒙。雷蒙說：「對，他是我哥兒們。」助理檢察官也問我同樣的問題，我看了看雷蒙，他也直直對著我看。我說：「是。」助理檢察官便轉向陪審團，說：「這個人在他母親死後第二天生活就過得荒淫無恥，也是同樣這個人，為了了結一件傷風敗俗的事，就任意殺了一個人。」

說完他就坐下來。不過我的律師早已失去了耐心，他舉起手臂，律師袍的袖子落了下來，露出他上了漿的襯衫。他大聲嚷著說：「到底他是被控葬了母親，或者是被控殺了人？」聽眾笑了出來。不過檢察官又站起來，他披著法袍，表示，只有這麼一個天真的辯護人才會看不出這兩件事之間有深沉的、本質的聯繫。他振振有詞地說：「是的，我要控告這個人以一顆殺人犯的心埋葬了他母親。」他這句話似乎在聽眾之間引起了不小的迴響。我的律師聳聳肩，擦擦他額頭上的汗。但似乎連他都受到了震動。我明白這下子事情對我不利了。

審訊結束。從法院出來要走上囚車時，我忽然在一剎那間感覺到了夏日傍晚的顏色與味道。在無窗的陰暗囚車裡，我彷彿從疲憊的深淵裡一樣一樣找回了這座我喜歡的城市、某個讓我開心的時刻的種種熟悉的喧囂。在輕鬆的氛圍中，賣報紙的小販輕鬆的叫賣聲、小廣場上最後的鳥啼、賣三明治的小販的吆喝聲、電車在城中高處轉彎的嗚嗚聲，以及在港口落入黑夜之前天空中傳來的嘈雜聲，我默默地在心裡畫出了路線，我在入獄前就對這路徑非常熟悉。是的，在很久以前，這是我覺得開心的時刻。那時候，我夜裡總是睡得清淺，什麼夢也不做。然而，事情有了變化，現在第二天一起床，我還是發現自己處在監牢裡。就好像在夏日天空中勾畫出的熟悉道路既能通向牢房，也能通向單純無邪的睡眠。

4

即使是在被告席上，聽到別人談自己總是很有意思。在檢察官和我的律師辯論時，可以說他們談到我說不定比談到我的罪行多。不過，他們雙方的辯護真有什麼差別嗎？律師舉起手臂，說我有罪，但是情有可原。檢察官伸出兩隻手，聲稱我有罪，而且罪無可逭。有件事隱約讓我覺得不舒服。儘管我覺得不安，有時很想介入說幾句，但我的律師卻對我說：「您別說話，這樣對您的案子比較好。」好像是，他們在處理這個案子時並不顧及我。我無法干預，一切都在我之外進行著。我的命運就此被決定，一點也不問問我的意見。有時候，我很想打斷所有的人，對他們說：「拜託，這裡誰是被告？被告也是很重要的。我有話要說。」但仔細一想，我其實沒話要說。再說，我得承認一個人關注另一個人的時間並不會太久。例如，我很快就對檢察官的控訴生厭。只有那些從整體裡脫離出來的隻言片語、幾個手勢，或是連篇議論讓我覺得驚奇，或是喚醒我的注意力。

如果我沒理解錯誤的話，他內心裡認為我是預謀殺人。至少，他力圖證明這一點。就像他自己說的：「各位先生，我會提出證據，我會提出雙重的證據。首先是這件明擺著的犯罪事實，然後是這個罪犯靈魂的幽暗心理狀態。」他從媽媽的死開始說起，一一陳述了我無情的表現、不知道媽媽的年紀、第二天去游泳、和一個女人一起、去看電影、費南代爾，以及最後和瑪麗一起回我家。在這個時候，我花了點時間才明白他說的話，因為他說「他的情婦」，但對我來說，她就是瑪麗。接著他提到了雷蒙。我覺得他看待事件的方式十分清晰。他所說的都言之成理。我先是和雷蒙寫了一封信以引來他的情婦，讓一個「素行不良」的人惡劣對待她。我在海灘上挑釁了雷蒙的仇敵。雷蒙受了傷。我向他要了手槍。我獨自一個人回到海灘上有意尋仇。我懷著殺人的意圖殺死了阿拉伯人。我等了一會兒。「為了確保做得徹底」，我又連開四槍，態度沉著、穩健，甚至可以說是深思熟慮。

檢察官說：「就是這樣，各位先生，我為各位勾畫了這個人有意識殺人的整個過程。」他說：「我要特別強調這一點，因為這不是一件普通的殺人案件，不是一個你們以為可以用當時的情況來減低其嚴重程度的不經思考的舉動。這個人，各位先生，這個人很聰明。你們都聽見他說話了，不是嗎？他知道該怎麼回答。他會斟酌用語。我們不能說他行動時不清楚自己做了什麼。」

我聽著，我聽見了他們說我聰明。但我不明白一個普通人的優點怎麼會在指控罪犯時反成了沉重的罪名。至少，這讓我很驚訝，我沒再聽檢察官說話，直到我又聽見他說：「他是不是曾經表示懊悔？一直都沒有，各位先生。在整個預審的過程中，這個人對他這卑劣的罪行一直都表現得無動於衷。」這時，他轉向我，對我伸出指頭，繼續對我大加譴責，但事實上，我卻不明白這是為什麼。我確實不得不承認他說得有道理。我對自己所做的並不太懊悔。不過他如此激烈的態度，讓我吃驚。我倒是想發自內心地，甚至友善地試著向他解釋，我從來沒有真正為任何事懊悔過。我在乎的向來是今天、明天即將發生的事。當然，就我現在的處境，我無法以這種口吻對任何人說話。我沒有權利表現得親熱，也沒有權利表達我的善意。我試著繼續聽下去，因為檢察官談起了我的靈魂。

他說，各位陪審員先生，他曾經關注過我的靈魂，卻一無所得。他說，事實上，我根本沒靈魂，沒人性，也沒有一般人心目中的道德原則。他補充說：「當然，我們不能責難他。他既然天生就缺少這些，我們也怨不得他沒有。不過當此事涉及到現在這個法庭時，與其錯用寬容的力量，更應該將這轉化為正義的力量，這雖然不是那麼容易，卻更加高尚。尤其是這個人的心已經是如此虛空，整個社會有可能陷入這個深淵。」這時，他談到了我對媽媽的態度。他重複說了他在辯論時說過的話。但是他的話要比談到我的罪行時長得多，長到最後我只能感覺到這天早晨的燠熱。至少，一直到檢察官停了下來，他沉默了一會兒之後，又以非常低沉、非常堅決的聲音說：「各位先生，這個法庭明天要審理一件滔天大罪，就是殺害親生父親。」據他表示，這個惡劣的罪行實在是令人難以想像。他期望正義要懲治惡行，毫不手軟。但是他也不怕這麼說，就是他對這件罪行的嫌惡，還比不上對我冷漠的嫌惡。他還表示，一個在精神上殺死母親的人，和一個親手殺死父親的人都以同樣的名義棄絕人類社會。無論如何，前者都是為後者的行動做準備，以某種方式宣示了這種行動，並讓它合理化。他又提高了聲調說道：「各位先生，如果我說坐在被告席上的這個人是和明天法庭要審理的那件謀殺案一樣是有罪的，我相信各位不會覺得我的想法過於大膽。因此，他應該受到相應的制裁。」說到這裡，檢察官擦了擦他因滿是汗水而發亮的臉。最後他說履行他這項職責是痛苦的，但他要堅決地貫徹到底。他表示，既然我連這個社會最基本的規範都不承認，那和這社會就毫不相干，我也不能訴求於人心，因為我根本連人心最基本的反應都不知道。他說：「我要向各位要這個人的人頭。我在做這要求時，心情是輕鬆的。因為在我極長的職業生涯中，我曾經多次求處犯人極刑，但從來沒像今天這樣感覺到我這艱鉅的任務得到了補償、得到了平衡，得到了啟發，因為有神聖的命令催逼著我的良心，也因為這個如惡魔般的人只引發了我的嫌惡。」

檢察官坐下以後，大廳裡寂靜了好一陣子。我因酷熱、因訝異而頭昏腦脹。庭長咳嗽了幾聲，他壓低聲音問我是不是還有什麼話要說。我站起來，因為我很想說些什麼，我就有點想到哪兒說到哪兒地表示，我並沒有殺死那個阿拉伯人的意圖。庭長說，這是肯定的，但到目前為止他不太明白我的辯護方式，他說他很樂意在我律師的談話之前，讓我先說明我行為的動機。我說得很快，但說得顛三倒四，我意識到了自己很可笑。我說這都是因為太陽。大廳裡起了笑聲。我的律師聳了聳肩，立刻，他們就要我的律師發言。但他表示時間不早了，他還需要好幾個小時的時間，他請求下午再議。庭長同意了。

下午，大電風扇依然攪動著大廳裡濃濁的空氣，陪審員全都往同一個方向搖晃著手裡五顏六色的小扇子。我覺得我律師的辯護似乎沒完沒了。不過，有那麼一會兒，我聽了聽他說的，因為他說：「的確，我殺了人。」然後他繼續以這樣的口吻，每次在他說到我的時候都自稱「我」。我很詫異。我彎下身子問一個法警這是為什麼。他對我說，別說話，但過一會兒，他加了一句：「所有的律師都這麼做。」我想這還是為了將我排除在案件之外，將我完全抹煞[10]，而且在某種意義上，他取代了我。但我想我已經離這個法庭很遠了。再說，我覺得我的律師很可笑。他很快地以對方尋釁為我辯護，然後他也談起了我的靈魂。但我覺得他的才華實在遠不如檢察官。他說：「我也是，我也關注過這個人的靈魂，但和檢察院這位卓越的代表相反，我發現了一些東西，而且我

10 譯註：「將我完全抹煞」，原文為 reduire a zero，完全不將此人當回事，抹除了他的存在。

看得很一清二楚。」他看到我是個正派的人，是個謹守本分的上班族，從不知疲倦，忠於雇用他的公司，人人都愛他，他還懂得憐憫他人的痛苦。對他來說，我還是個能作為模範的兒子，在能力範圍內盡力供養母親。最後我期望養老院能給老太太一個我無力提供的舒適環境。他接著說：「各位先生，我很訝異，養老院竟然能引起如此軒然大波。因為說到底，這類的機構有其用處、有其必要，所以國家才會在財政上予以支援。」只是，他沒提到下葬的問題，我感覺這是他在辯護上的一個漏洞。但因為所有這些冗長的句子、所有這些一天又一天、一個小時又一個小時沒完沒了地論及我的靈魂，讓我有個印象是，這一切都成了沒有顏色的水，讓我頭昏眼花。

到最後，我就只記得，在我的律師繼續說話的時候，賣冰小販的喇叭聲，從街道上穿過一間間大廳和法庭傳到我耳畔。回憶在這時湧上我的心頭，那已經不再屬於我的生活的回憶。但是在這回憶裡我又尋回了最單純、最難忘的快樂：夏天的氣味、我喜愛的街區、傍晚的某種天色、瑪麗的笑和她的洋裝。這裡所做的一切對我都是無用的，這想法讓我喉頭一緊。我只求這一切快快結束，讓我回監牢裡睡上一覺。所以，我幾乎也沒聽見我的律師最後大叫起來，說陪審團是不會把一個一時糊塗的正派上班族送上死路的，他要求陪審團考慮酌量減刑，因為我已經背負了殺人的重擔，我會為此悔恨終身，而這是最切實的刑罰。法庭中止庭訊，我的律師神情疲憊地坐下。這時他的同事紛紛走向他，跟他握手。我聽見他們說：「很棒，我的老友。」其中一個甚至過來要我佐證，他說：「嗯，不錯吧？」我表示同意，但是我這贊同並不是出於真心，因為我太累了。

不過，外頭漸漸晚了，天也不那麼熱了。從街上聽見的一些聲音，我可以想像傍晚的涼意。我們所有的人都在這兒，等著。我們在這兒一起等著的事，其實只跟我有關。我又看了看大廳。一切的景況都和第一天一樣。我和那位穿著灰色外套的記者、和那位如機器般的小個子女人眼神交錯。這讓我想起了在整個審判的過程中，我都沒看瑪麗。我並沒有忘記她，但是我事情太多了。我看見她坐在塞勒斯特和雷蒙中間。她向我比了個小小的手勢，就好像是說：「終於結束了。」我看見她有點焦慮的臉笑了一笑。但是我感覺我的心閉鎖了起來，我甚至沒回應她的笑。

法庭又開庭了。很快地，有人向陪審團宣讀了一連串的問題。我聽見了「殺人罪」……「預謀」……「酌量減刑」。陪審員全都出去了，我被帶到之前等待開庭的那個小房間。我的律師也到了小房間來見我。他說個不停，而且從來沒說得像現在這樣有信心、這樣親切。他認為一切都往好的方向走，我只會被關幾年，或是做幾年苦役。我問他，萬一判決對我不利，我有沒有機會撤銷原判。他跟我說，沒有。他的策略是不提出訴訟當事人的意見，以免觸怒陪審團。他跟我解釋，不能就這樣無緣無故撤銷原判。我覺得事情顯然是這樣，我同意了他的看法。冷靜一想，這也是很自然的事。否則，就會有太多無用的公文往返。我的律師對我說：「無論如何，上訴是可能的。不過我相信判決會對您有利。」

我們等了很久，我想大概有四十五分鐘，然後鈴響了一聲。我的律師在離開時說：「陪審團主席要做出回應了。只有在宣讀判決的時候您才能進去。」幾道門砰砰地開開關關。有人在樓梯上跑動的聲音，我聽不出來他們是遠還是近。然後我聽見了大廳裡有人以低沉的嗓音讀著什麼。鈴聲再次響起，小房間的門打開了。這時大廳裡一陣寂靜向我漫來。寂靜已極。在我發現那位年輕記者轉開目光不看我時，我有一種奇異的感受。我沒往瑪麗那邊看。我來不及看，因為庭長用一種奇怪的方式對我說，要以法蘭西人民的名義在廣場上將我斬首。我到這時才看清楚了所有人臉上露出的感受。我相信那是一種敬意。法警也對我更溫和了。律師把手放在我的手腕上。我腦子空空的，什麼也沒想。但是庭長問我是不是有什麼要說。我想了一想。我說：「沒有。」他們這才把我帶走。

5

這是我第三次拒絕見神父。我沒什麼要跟他說的，我根本不想說話。只是，很快我又會見到他。這時候我在意的是，怎麼逃開這場程序都已經安排好的處決，是想知道這不可避免的事是否有其他出路。他們讓我換了牢房。從這間牢房裡，躺著就能看見天空，也只能看見天空。我整天就是看著從白日到夜晚的天色變化。我躺下，把手枕在頭後面，等待著。不知有多少次，我問自己是不是有些死刑犯避開了無情的處決，掙脫法警的繩索，在臨刑前逃逸。這時我怪自己從沒好好留意談到死刑的文字。我們應該要關心這些問題的。誰也不知道之後會發生什麼事。我和大家一樣，曾經讀過報上的報導。但一定有某些專門的著作，我從來也不曾好奇地讀一讀。在那裡頭，說不定我可以找到描寫逃脫的文字。我會知道至少有過一個例子，法律的大轉輪停住了，知道在不可改變的判決中，僅僅有那麼一次，偶然和運氣改變了什麼。就那麼一次！從某個角度來說，我想這對我就足夠了。其餘的就由我的心來處置。報紙常常談到對社會欠下的債。根據他們的說法，這債是要還的。但是這一些都和我的想像無關。重要的，是逃脫的可能，是跳到不可抗拒的儀式之外，拚命地逃，逃才能保有希望。當然，所謂希望，也是在奔逃時於街角被亂射的子彈一槍擊斃。不過我左思右想，我是不可能有這樣的機運的，我的一切都遭到禁止，法律機制緊緊地箍著我。

儘管我有心瞭解，但還是不能接受這個完全沒道理的法律明確性。因為說起來，如何確定這個判決，和自判決宣布後的那個不可動搖的執行過程之間，其間的確定性根本不成比例。比如，這個判決是在晚上八點，而不是下午五點宣布。比如，這判決完全可能是另外一種結論。比如，這判決是由一些經常換床單的普通人做出的。比如，這是以法國人民的名義所做的判決，而法國人民（或德國人民、中國人民）卻是個很不準確的概念，這種種都讓我覺得這項決定很不嚴謹。然而我卻不得不承認從做出這項決定的那一瞬間開始，它就和這堵擠壓著我的身體的牆一樣確鑿、一樣嚴謹。

這時候，我想到了媽媽向我提起有關父親的一件往事。我從沒見過父親。對這個人我所知道的，說不定就是媽媽告訴我的這件事：他去看處死一名殺人犯。去看殺人犯遭處死刑的這個念頭讓他很不舒服。但他還是去了，回來以後他嘔吐了大半個早上。我當時對父親這件事有點反感。現在我瞭解了，這件事很自然。我那時怎麼會看不出來沒什麼比死刑處決更重要的了，總之，對一個人來說，這是唯一真正有意思的事！要是我能走出這個監獄，我一定要去看所有的死刑處決。但我想，我不該去想這樣的可能性。因為只要一想到要是有一天清晨我能自由地站在法警的繩索之後，也就是說站在另一邊，只要一想到我能作為觀眾來看熱鬧，之後還能嘔吐一番，就會有一陣陣欣喜湧上我心頭，但這欣喜卻會讓我痛苦。這一點也不理性。我一點也不該有這樣的想像，因為我立刻就會冷得發抖，在被子裡縮成一團。我禁不住直打牙顫。

但是，人當然不可能永遠都理性的。例如，有那麼幾次，我在腦子裡制定了一些法律草案，改革了刑法。我注意到了，重要的是，要給犯人一個機會。只要有千分之一的機會，就足以解決很多事。這樣說吧，我覺得我們可以發明一種化學藥劑，讓臨刑的死刑犯服用之後，有十分之九的機會能殺死他（沒錯，我想到的是死刑犯）。他也知道，他有十分之一的活命機會。因為在仔細考慮之下，在冷靜的評估之後，我發現斷頭刀不完善之處在於，它沒留下任何機會，完全沒有。一次定生死。總之，死刑犯的死勢必不可免。這是一樁了結的案件、一個已經裁決的事件、一項已經談妥的協議，對這件事再也不可能有所轉圜。萬一，斷頭刀沒把頭砍下來，就得再重來一次。這樣的結果就是，受刑人會無奈地期望行刑的機器運轉順當。我認為這就是它的缺陷。從某方面來看，事情確是如此。但是從另一方面來看，我不得不承認這整個嚴密機制的祕密就在於此。總之，犯人在精神上不得不配合。行刑過程能一切順利，對他才是好事。

我也注意到，到目前為止，對這些問題我有些想法是不正確的。我一直以為——我也不知道自己為什麼會這麼認為——上斷頭臺，必須登上幾個階梯，走上一座臺子。我想這是因為一七八九年大革命的關係。我意思是說，就這個問題人家就是這麼教我們的、要我們這麼看的。但是一天早上，我想起了一張刊登在報紙上的照片，登的是一次大為轟動的處決。事實上，斷頭臺就放在地上，再簡單不過。它看來比我以為的還要窄小得多。我沒早一點想到這個，真是奇怪。照片上的斷頭臺看來精密、完善、耀眼，讓我十分驚訝。對我們不瞭解的事物，我們總會誇大了它。我應該注意到，其實一切都很簡單：斷頭臺和朝著它走過去的人都在平地上。就像走到另一個人面前似地走到斷頭臺前。這一點也讓人很心煩。登上斷頭臺，往天上超升，這可以刺激想像力。但這時候，法律的機制壓倒了一切：一個人默默被處死，沒引起多大注意，他死得有點丟臉，機器卻運作得非常精確。

我也一直思考著兩件事，就是清晨和我的上訴。然而我總是聽從於理性，試著什麼都不再想。我躺著，望著天空，努力讓自己對天空感興趣。它變成青色，就是傍晚了。我又竭力讓自己轉移思路。我聽著自己的心跳。無法想像這個跟我這麼久的聲音有一天會停止跳動。我從來沒什麼真正的想像力。但我試著想像心跳不再傳到腦子裡的那一刻。但是沒用。我還是想著清晨或是上訴。我最後跟自己說，最合情合理的作法是，不要勉強自己。

我知道他們會在清晨時分來到。總之，我一夜又一夜等著的就是這個清晨。我從不喜歡讓我猝不及防的事。有什麼事情發生時，我寧願是做好準備的。這也就是為什麼我最後只在白天裡睡一會兒，夜裡只耐心地等著日光照在天窗上。最難熬的是，我知道他們慣常拘提犯人上刑場的那個時刻，那讓人不安的一刻。午夜一過，我等著，我窺伺著。我耳裡從來沒有聽過這麼多的聲音，還能分辨細微的聲響。然而，我可以說在這段時間裡我運氣還不錯，因為我從來沒聽見腳步聲。媽媽常說，我們從來也不會是完全倒楣的。當天色泛紅，新的一天悄悄溜進我牢房裡時，我就覺得她說的有道理。因為我本來是會聽見腳步聲的，我的心本來是會緊張得炸裂開來的。儘管最輕微的窸窣聲都讓我撲到門邊，儘管我把耳朵貼在門板上狂熱地等待著，卻只聽到自己的呼吸聲，這呼吸聲嘶啞，近乎於狗的嗚嗚，令我驚恐，但是終究我的心並沒有炸裂開，我又賺到了二十四小時。

白天，我就想著上訴的事。我想我是充分活用了這個想法。我估算著上訴會有什麼效應，我的思考大有收穫。我總是做最壞的打算，就是萬一上訴遭到駁回。「那麼我就去死。」顯然會死得比別人早。但是大家都知道人生是不值得來這麼一趟的。我不是不知道三十歲死去，或是七十歲死去，其實差別並不大，因為無論如何，其他男人、女人還是會繼續活下去，數千年來都是這樣。總之，再沒有什麼比這更確切的了。死去的人總是我，不管這是發生在明天，或是在二十年後。在這時候，在我的推論中讓我有點困擾的是，想到往後還可活二十年，這時間的跳躍讓我心生畏懼。要是我果真多活了二十年，與其想像我死時會有什麼想法，還不如現在就把這時間的跳躍壓抑下去。在我們要死的時候，怎麼死、什麼時候死，其實一點也不重要，這是很明顯的。所以（困難的是，我時時不忘這個「所以」背後帶出的論證），所以，要是我的上訴被駁回，我也應該接受。

在這個時候，也只有在這個時候，我可以說有權利，讓自己以某種方式，考慮到這第二種假設，也就是我受到特赦。讓人討厭的是，我必須讓我的血液、我的身體不那麼躁動，不因過度的歡喜而刺痛了我的雙眼。我必須竭力抑制自己喊叫出聲，讓自己理性一點。即使是在這個假設中，我還必須表現得自然，以便讓自己在屈服於第一種假設時顯得更真實可信。我要是成功說服自己，我就贏得了一個小時的安寧。畢竟，這也很值得珍惜。

也就是在這樣的時候，我又一次拒絕見神父。我躺在床上，天空中金黃的色彩讓我隱約感覺到夏天傍晚近了。我的上訴剛剛被駁回，我可以感覺到血液在我身上規律地流動。我不需要見神父。這是很久以來第一次，我想到了瑪麗。她也有一陣子沒寫信給我了。這天晚上，我想了想，我對自己說，她也許已經厭倦當一個死刑犯的情婦。我也想到她說不定是病了，或是死了。這種事誰也料不到。我又怎麼會知道呢？既然在分開的肉體之外，已經沒有任何東西聯繫著我們，既然已經沒有任何東西會讓我們再想到彼此。再說，就是從這時候起，我想起瑪麗時一點感覺也沒有了。她若是死了，我不再在乎。我覺得這很正常，就像我也知道，我死了以後大家都會忘了我。他們和我再也沒有關係。我甚至不能說這麼想是很令人難受的。

正好在這一刻，神父進了我的牢房。我看見他時，微微發了抖。他發現了，告訴我，不要怕。我對他說，他通常是在別的時刻來。他回答我，這是一次友善的探訪，和我的上訴完全無關，他也不清楚我上訴的事。他坐在我床上，也請我坐在他身邊。我拒絕了。不過我還是覺得他人很溫和。

他前臂擱在膝蓋上，頭低低的，看著他的手，就這麼坐了一會兒。他的手又細緻又結實，讓我想起了兩隻動作敏捷的小獸。他兩隻手慢慢摩挲著。他就這樣坐著，一直低著頭，坐了好一陣子，我有那麼一會兒幾乎忘了他在這兒。

但他忽然抬起頭，直盯著我的臉，說：「為什麼您一直拒絕我的探訪？」我回答說我不信上帝。他想知道我是不是真的確定這件事。我說，我用不著考慮，我認為這個問題並不重要。這時他把身子往後一仰，背靠在牆上，兩手平放在大腿上。他幾乎不像是在對我說話，他說，他注意到有時候我們自以為很確定，事實上卻不然。我沒答腔。他看著我，並問道：「您認為呢？」我回答說這是有可能的。無論如何，我也許不確定什麼事讓我真正感興趣，但我十分確定什麼事讓我不感興趣。而他對我談的事正好是我不感興趣的。

他移開眼睛，一直維持著同一個姿勢，問我這麼說是不是因為過於絕望。我跟他解釋，我並不絕望。我只是害怕，這也是很自然的事。他指出：「上帝會幫助您的。所有我知道像您這種例子的最後都會轉向上帝。」我承認那是他們的權利。這也證明了他們還有時間。至於我，我不願意人家幫助我，我正好也沒時間去對我不感興趣的事產生興趣。

這時候，他兩隻手擺出了一個很不高興的動作，但是他很快挺起身子，理理袍子上的皺褶，理完以後，他稱呼我「我的朋友」，說，他如果這麼對我說話，並不是因為我是死刑犯。他認為，我們每個人都是被判了死刑的人。但是我打斷他的話，說這是兩回事，再說，無論如何，他這麼說也安慰不了我。他贊同地說：「話是沒錯，但就算您今天不死，您以後也還是會死。那時還是會遇到同樣的問題。您要怎麼面對這個可怕的考驗呢？」我回答，我會面對它，就像現在面對它一樣。

聽我這麼說，他站了起來，直直盯著我看。我很熟悉這套把戲了。我和艾曼紐爾或是塞勒斯特常常這麼玩，通常他們會移開眼睛。神父也懂得這套把戲。我立刻就明白了，因為他的眼神沉著地看著我。他對我說話時，聲音也很沉著，他說：「您就不抱任何希望了嗎？您就想著您要這麼徹底死去嗎？」我回答他：「對。」

於是他低下頭，又坐了下來。他對我說，他可憐我。他認為人是承受不了這個的。我只覺得他開始讓我厭煩。這時我轉過身去，走到小窗口下面。我的肩膀靠著牆。他又問了我一些問題，我沒怎麼仔細聽。他的聲音聽起來不安、急切。我知道他激動了起來，就比較認真地聽了聽。

他對我說，他確信我的上訴會被接受，但是我背負著罪孽，就必須卸下這罪孽。他表示，人類的正義不算什麼，只有上帝的正義才是一切。我說，判我死刑的卻正是人類的正義。他說，但這並不因此洗滌我的罪孽。我回答他，我不知道罪孽是什麼。人家只是告訴我，我犯了罪。犯了罪，就得付出代價。除此之外，不能再要求我什麼了。這時候，他又站起來。我想在這個狹小的牢房裡，他如果想要動動身子，並沒有別的選擇。他只能坐下，或是站起來。

我的眼睛盯著地面看。他往我走了一步，停下來，就好像他不敢再前進。他透過鐵欄杆看著天空。他對我說：「我的孩子，您錯了，我們可以對您做更多的要求。我們也許會向您提出這要求的。」

「什麼要求？」

「我們可以要求您看。」

「看什麼？」

神父看看他四周，突然用一種我覺得很疲乏的聲音說：「我知道，牆上這些石頭都滲著痛苦。我看著它們時沒有不感到憂慮的。但是我真心說一句，我知道你們當中最悲慘的人曾經從這漆黑的石頭中看見了一張神聖的面孔。我們要求您看的，就是這張面孔。」

我有點動怒了。我說，我看這幾堵牆已經看了好幾個月。對它們，我比世界上任何人、任何東西都要熟悉。也許很久以前我曾經在那上面尋找過面孔。但那面孔是帶著太陽的色彩和慾望之火的，也就是瑪麗的面孔。但我是白找了。現在，這些都完了。無論如何，我沒看見任何東西從石頭裡浮現出來。

神父悲傷地看著我。我這時完全把背靠在牆上，太陽照著我額頭。他對我說了幾句話，但我沒聽見。他很快地問我，是不是能擁抱我。我回答：「不。」他轉過身，走到牆邊，慢慢地把手放在牆上，喃喃地說：「您就這麼愛這個世界嗎？」我沒回他的話。

他就這樣久久的背對著我。他在這裡開始讓我覺得難以忍受，讓我覺得不快。我正要對他說，離開這裡，讓我靜一靜時，他忽然轉過身看我，對我大叫說：「不，我不相信您的話。我確信您也會希望有另外的生命。」我回答他，那是當然的，不過那並不比希望自己有錢、希望自己游泳游得好、希望自己的嘴巴長得好看來得更重要。這些都是同一層次的事。但是他阻止我說下去，他想知道我怎麼看待另外的生命。我喊著對他說：「一種我可以回憶現在這一生的生命。」我立刻又接著說，我已經受夠了。他還要跟我談上帝，但我向他走近一步，最後一次向他解釋我沒時間了。我不想把時間浪費在上帝上。他試著改變話題，問我為什麼稱呼他「先生」，而不是「神父」。這讓我惱火起來，我回答他，他不是我神父。要就去當別人的神父吧！

他把手放在我肩膀上，說：「不，我的孩子，我是您的神父。只是您不知道，因為您的心受了蒙蔽。我會為您禱告的。」

這時候我也不知道為什麼，我裡面好像有東西爆炸了。我扯著喉嚨大叫，我咒罵他，我對他說別為我禱告。我抓著他袍子的衣領。我把我心裡混雜著喜怒與哀樂的種種一股腦兒傾洩在他身上。他對自己所說的看來是那麼確信，不是嗎？但他的確信卻抵不上女人的一根頭髮。他甚至不確定自己是活著的，因為他活得像個死人。我呢？我看來是兩手空空。但是我對自己有把握、對一切有把握，比他更有把握，對我的生命和那即將來到的死亡有把握。是的，我只擁有這一些。但是至少我抓住了這個真理，一如這個真理抓住了我一樣。我從前有道理，我現在還是有道理，我永遠都有道理。我曾經以某種方式生活，我也可能以另一種方式生活。我曾經做過這事，或是沒做過那事。我沒做過這件事，但卻做了另外一件事。那然後呢？就好像我這段時間以來等著的就是這一分鐘、就是這個我即將被證明無罪的黎明。沒有，沒有什麼是重要的，我知道為什麼。他也知道為什麼。在我這整個荒謬的一生中，從遙遠的未來，有一股陰暗的氣息穿越了未來數年的光陰向我湧來，這股氣息橫掃而過，使得別人向我建言的一切都顯得毫無差別，未來的生活並不會比我經歷過的生活更真實。別人的死、母親的愛跟我又有什麼關係呢！既然只有一種命運臨到我頭上，而千百萬個幸運兒卻都和他一樣自稱是我的兄弟，那麼他的上帝、他們選擇的人生、他們遭逢的命運跟我又有什麼關係呢！他懂嗎？他到底懂不懂呢？每個人都是幸運兒。這世上只有幸運兒。其他人也是，他們總有一天會被判刑的。他也是，有一天會被判刑的。被控殺人的他就算是因為沒在母親葬禮上哭泣而被處決又有什麼關係呢？薩拉馬諾的狗和他老婆對他來說同等重要。那個像機器般的小個子女人也和馬松娶的那個巴黎女人一樣有罪。或者是希望跟我結婚的瑪麗也是有罪的。雷蒙是不是我的哥兒們、塞勒斯特是不是比他更好，這又有什麼關係？即使瑪麗今天再去親吻一位新的默爾索又有什麼關係？他懂不懂這些呢？他這個被判了死刑的人。從我未來深處……我喊出了這一切，喊得我喘不過氣來。不過，這時候他們從我手裡搶去了神父，幾名看守人威脅著我。但神父卻勸他們別躁動，還默默地看了我一會兒。他眼睛裡充滿淚水。他轉過身，走了。

他走了，我平靜下來了。我累壞了，撲倒到床上。我以為我睡著了，因為醒來時，我看見天上滿是星星。鄉間的聲響逕直傳到我耳中。夜晚的氣味、大地的氣味、海鹽的氣味讓我的太陽穴感到一陣清涼。這個沉睡的夏夜美妙的寂靜，像海潮一樣瀰漫我全身。這時候，在夜盡天明之際，汽笛大聲鳴叫起來。它宣告了有船要出發，到一個從此和我無關的世界去。這是很久以來第一次，我想起了媽媽。我似乎明白她為什麼在晚年又找了個「未婚夫」、為什麼她要讓生命回春。那邊，那邊也一樣，在生命漸漸將息的養老院裡，夜晚的時光像是暫離了死亡，令人感傷。媽媽已經離死亡那麼近了，她應該覺得解脫，準備好重新活過一次。沒有人，沒有人有權利為她哭泣。我也是，我也覺得自己準備好重新活過一次。就好像這巨大的憤怒讓我痛苦不再、希望不再，面對著這個充滿徵兆與星星的夜晚，我第一次對這世界溫柔的冷漠敞開心扉。這世界的冷漠和我如此相像，如手足一般，我感覺到我過去是幸福的，現在也還是幸福的。為了了結這一切，為了讓我覺得不孤單，我只希望我處決的那一天能有很多人來看，希望他們心懷仇恨，對我嘶喊。

《異鄉人》釋義——沙特

國立中央大學法文系副教授　林德祐譯

最初，當這篇論文發表在《南方筆記》（*Cahiers du Sud*）第二五三期，一九四三年二月，（約翰・巴拉爾〔Jean Ballard〕主編，在馬賽發行的月刊），卡繆與沙特還不曾見過面。《異鄉人》以及後來的《薛西弗斯的神話》（*Le Mythe de Sisyphe*）的問世才開始讓卡繆逐漸有了名氣，成為「一位降世的作家」，正如馬塞爾・阿爾朗（Marcel Arland）所說。事實上，卡繆早於一九三八年十月寫了一篇關於《嘔吐》（*La Nausée*）的書評，語多讚賞。一九三九年三月在《阿爾及利亞共和報》（*Alger Républicain*）發表了《牆》（*Le Mur*）的評論。兩人是在一九四三年六月《蒼蠅》（*Les Mouches*）彩排時初次碰面，成為朋友。

以下是這位來自阿爾及利亞的年輕作家，讀過這篇關於他小說嚴密的評析之後的反應：「我收到《南方筆記》。沙特的文章是種標準的

「拆樓式」典型。當然，小說中還是有一層貼近人類本能的元素是他沒有正視的。聰明睿智也沒能面面俱到。不過，作為評論，遊戲規則便是如此，而且他的這番評論也多次讓我更清楚我的創作過程。我承認他大部分的評論都是正確的，只是何須這番尖酸刻薄的論調？」（一九四三年三月九日，致約翰・格尼耶〔Jean Grenier〕書信）

這篇文章在一九四六年曾另外發行單行本，由巴利繆格（Palimugre）出版社發行，後來收錄到一九四七年的《處境一》（*Situations I*），最後收錄至《文學評論》（*Critiques Littéraires*）。

卡繆先生的《異鄉人》才一出版，便廣受歡迎，佳評如潮。評論都異口同聲說，「這是戰後最優秀的小說」。就當下的文學創作來說，這本小說本身就是個「異鄉人」。它來自分界線[1]的另一邊，來自海的彼端；值此春寒料峭，煤炭短缺之際，小說跟我們講到太陽，但並非把太陽描述成異國情調的裝飾，而是帶著一種過度享受陽光，對此早已習以為常的人所有的倦意來談論。這本書並非又要再次親手埋葬舊體制，也不是要直搗我們對自身感到的恥辱；讀這本書的時候，我們突然想起以前有一些作品宣稱自身的存在就已足夠，沒有要證明什麼。但是和這種「無為」之作相較之下，這本小說依然有其模稜兩可的地方：要如何理解這個人物，他在母親過世的隔天，「去游了泳、開始一段不正常的關係，而且開心地去看了一部喜劇電影」，他殺了一位阿拉伯人，「都

1 譯註：二戰期間法國國土一分為二，分界線以北為德軍占領區，以南為自由區，由貝當元帥的維琪政府管轄。

是因為太陽」，後來在行刑的前夕，他說他「過去是幸福的，現在也還是幸福的」，並且希望斷頭臺周圍會有很多的群眾，「希望他們心懷仇恨，對我嘶喊」。有些人說：「不過就是個傻瓜，可憐的人」；另一些人更有想法：「這是個無辜的人」。至少必須了解此處無辜的意思為何。

卡繆先生在幾個月後出版的《薛西弗斯的神話》中，為我們提供關於這部作品正確的評論：他的主人翁既非好人也非壞人，既不是什麼有道德也不是沒有道德的人。這些分類框架不適用在他身上：他屬於一種特殊的族群，作者用了「荒謬」這個說法。然而，荒謬在卡繆先生的筆下具有兩種非常不同的意義：荒謬既是一個事實的狀態，也是某些人對這個狀態的明澈意識。荒謬的人會從根本的荒謬性中不偏不倚提出必定的結論。以前swing有「時髦」的意思，若用這個字來形容跳swing的年輕世代，意思已經跑掉了，就像荒謬一詞也一樣。荒謬作為一種狀態，作為一種原初的呈現，所指究竟為何？其實不外乎就是人與世界的關係。荒謬首先展現在一種分離：人追求合一，而精神和自然無法克服二元論，這是分離；人追求永恆，而自身的存在確有其侷限，這是分離；人的本質就是「關注」，然而他的努力都只是徒勞無功，這也是分離。死亡、真理與人類無可化約的多重性、真實的不可理解特性、偶然，這些都是荒謬的幾個端點。坦白說，這並非新穎的主題，卡繆先生也無意要原原本本重探這些主題。十七世紀時，一種生硬、簡短、沉思式的理性，法國獨有的理性，早已將這些主題列舉過了：這些主題都是古典悲觀主義常見的話題。巴斯卡（[Blaise] Pascal）不就強調了這種「卑微、致命、悲慘、無法撫平的處境，尤其是當我們越去思考這些磨難」？不就是巴斯卡指出了人類因理性而不幸嗎？巴斯卡一定會很肯定卡繆的這句話：「世界既不全然理性，也不是完全不理性。」巴斯卡不就向我們闡釋「習慣」和「娛樂」掩飾了我們的虛無，我們遭到遺棄，我們的不足，我們的望塵莫及，我們的空洞？不論是《薛西弗斯的神話》那種冰冷嚴峻的風格，還是他散文的主題，卡繆先生都可說是銘刻在法國道德勸說家的傳統中，安德勒教授（[Charles] Andler）稱呼這些道德勸說家為尼采（Nietzsche）的先驅；至於卡繆先生在我們的理性層面所掀起的懷疑，則是法國近期知識論的傳統。我們不妨想想科學唯名論，想想龐加萊（Poincaré）、杜漢（Duhem）、邁爾森（Meyerson），這樣我們就比較能理解卡繆先生對現代科學的責難：「……你跟我說一個看不見的星球體系，電子繞著一個核心運行。你這是用一個影像跟我解釋這個世界。於是我發現，你這樣是來到詩歌的層面了[2]。」幾乎同一時期也有一位作者用了同樣的意象寫了同樣的話：「物理不加區別地使用了機械、力學或甚至心理學的模式，彷彿脫離了現象學的企圖，物理不再理會機械或力學的那種古典二元對立，古典二元對立宣稱有一個自在的本性[3]。」卡繆先生略帶誇炫地引用了亞斯柏（Jaspers）、海德格（Heidegger）、齊克果（Kierkegaard）的文章，然而他似乎並不完全理解這些人。他真正的導師並非這些人：他思辨的方式，他意念的明朗澄澈，散文家的風格裁切，一種陰鬱太陽的文類，井然有序、鄭重其事、

2 *Le Mythe de Sisyphe*, p. 35.

3 M. Merleau-Ponty: *La Structure du comportement* (La Renaissance du Livre, 1942), p. 1.

悲戚憂傷，這一切讓人聯想到一個古典哲人，一個地中海的人。就連他的方法（「只有在必然的事實與抒情之間找到平衡，我們才能同時進入情感與明朗性之中[4]。」）也讓人聯想起巴斯卡、盧梭（J.-J. Rousseau）古老的「情感幾何」；也可以讓人想起莫哈（[Charles] Maurras），正巧莫哈也是出身地中海的人，然而在許多層面，卡繆先生還是與之相去甚遠，甚至更遠於德國現象學家或丹麥存在主義學家。

不過，卡繆先生或許還是會認同我們這些話。在他眼中，他獨特之處，在於把自己的想法貫徹到底：的確，他並不甘於只是收錄一些悲觀主義的格言錄。當然，荒謬不在於人，也不在於世界，如果我們將這

4 *Le Mythe de Sisyphe*, p. 16.

兩件事情分開來看；然而，人基本的特徵就是他的「在世存有」，荒謬的人與人類處境這是一體兩面的東西。因此，荒謬並非單純的概念問題：是某種晦暗陰鬱的亮光向我們揭示了荒謬。「起床、電車、四個小時辦公室或工廠、吃飯、電車、四小時工作、吃飯、睡覺，接著星期一、星期二、星期三、星期四、星期五、星期六，循著一成不變的節奏中……[5]」，接著猝不及防，「背景垮掉了」，我們掉入一道毫無希望的明澈意識中。於是，如果我們懂得摒拒宗教或存在哲學那種騙人的拯救，我們可以掌握基本的真實：世界是一個混沌，一個「從混亂衍生而出」、足以亂真的東西；——沒有明天，反正人人都會死。「……

5 *Le Mythe de Sisyphe*, p. 27.

在一個突然沒有假象，沒有光明的世界裡，人自覺是異鄉人。這場放逐是無可拯救，因為人被剝奪了對某個失落國度的記憶，也失去了重返失落樂園的希望[6]。」因為人並非世界：「如果我是森林中的一棵樹，這個生命也許還有一個意義，或者說這個問題並沒有意義，因為我屬於這個世界。我變成我現在對立的世界，透過我的意識……這個荒誕可笑的理由，讓我與我的創作對立[7]。」這樣就部分解釋了這本書的標題：異鄉人，就是面對世界的人；卡繆先生或許也可以選一個類似喬治・吉辛（George Gissing）的小說標題：《在放逐中誕生》（*Né en exil*）。異鄉人，這也是人群中的人。「有那麼一些日子，我們尋獲愛過的那個女

6 *Le Mythe de Sisyphe*, p. 18.
7 *Le Mythe de Sisyphe*, p. 74.

子，像是個異鄉人[8]。」這是我相對於我來說，也就是自然的人相對於精神來說：「異鄉人，在某些時刻，會出現在鏡中，與我們相會[9]。」

但是還不只是這樣：還有對荒謬的熱情。荒謬的人不會自殺：他想要活著，但又不放棄任何信念，沒有明天，沒有希望，沒有幻想，也沒有認命。荒謬的人在反抗中彰顯自身。他熱情專注地凝視著死亡，而這場對死亡的迷炫反倒解放了他：他非常清楚被判處死刑有一種「神聖的不負責任性」。一切的行為都可以被允許了，既然神不在了，而人人必死。所有的經驗都是同等的，只需要獲取盡可能最大數值的經驗。「在一個不斷有意識的靈魂面前的現在和一連串的現在，這便是荒謬者的理

8 *Le Mythe de Sisyphe*, p. 29.
9 *Le Mythe de Sisyphe*, p. 29.

想[10]。」所有的價值在這個「量化的倫理」之中瓦解；荒謬者被拋棄到這世上，他反抗，他不負責任，「他不需要解釋什麼」。他是無辜的。無辜就像毛姆（S. Maugham）所說的原始人，在傳教士抵達，教育他們善與惡，允許與禁忌之前：對他而言，一切也都是允許的。天真無辜也像梅什金公爵[11]（le prince Muichkine），「活在永遠的現在中，時而微笑，時而冷漠」。無辜，就其所有意義來說，也可以說是「傻子」。這回我們完全理解卡繆先生小說的標題了。他所要描繪的異鄉人，其實就只是那種天真無辜的人，在社會中製造負面新聞，因為他不接受社會遊

10 *Le Mythe de Sisyphe*, p. 88.

11 譯註：杜斯妥也夫斯基的小說《傻子》中著名的人物，善良、慷慨，悲天憫人，典型基督式人物。

戲的規則。他置身異鄉人之間，但對他們來說，他才是異鄉人。因此，有些人還是會喜歡他，例如他的女友瑪麗還是很在乎他，「因為他很怪異」。而其他人則憎惡他，就像法院裡的群眾，他也感受到他們對他的恨意。我們翻閱此書，我們還不熟悉這種荒謬感，我們也無法用我們習慣性的規範去評判他：對我們而言，他就是異鄉人。

這便是為何你們翻閱此書時會感到震驚，尤其當你們讀到：「我想一個漫長、無聊的星期日算是過去了，媽媽現在已經安葬，我又該上班了，總之，一切都沒改變。[12]」，這種震驚的感覺是刻意營造的：這是你們初次接觸荒謬的反應。但是你們肯定也懷抱希望，希望繼續閱讀

12 *L'Étranger*, p. 36.

這本書，這種不安的感覺就可以消失了，一切會漸漸撥雲見日，循序漸進，獲得解釋。你的希望落空了：《異鄉人》並不是一本提供解釋的書；荒謬的人不做解釋，他只做描述；這也不是一本要證明什麼的書。卡繆先生只做出提議，他並不急於證實本質上無法證實的東西。《薛西弗斯的神話》會教我們如何看待作者的這本小說。我們可以在這本書中找到荒謬小說的理論。雖然書中唯一的主題是人類處境的荒謬性，但這並非一本宣傳學說的小說，並不來自一個「自給自足」的思想，總是想著要提供證明的文件；但是相反地，這本小說源自一個侷限、必死、反抗的思想。這本小說證明了推論式的理性毫無用處：「偉大的小說家選擇用形象，而不是用推理來寫作，這種選擇正好揭示他們共同的想法，即深信所有的解釋原則終歸無用，認為可感知的表象才具有傳遞教育的訊息[13]。」因此，用小說形式釋放訊息，這件事情在卡繆先生來說既謙卑又驕傲。並非認命屈從，而是帶有反叛意味的承認人類思想的侷限性。的確，卡繆先生認為必須給他在小說所要傳達的訊息提供一個「哲學的翻譯」，這個哲學翻譯就是《薛西弗斯的神話》。我們稍後再來看看卡繆先生又是如何看待這份複製品。不過，這份哲學翻譯並不破壞小說「無為」的特性。這位荒謬的創造者完全喪失幻覺，不認為他的小說是必要的。他反而要我們認為他的作品純屬偶發。他希望在小說題獻之處寫下：「原本應非如此」，正如紀德（[André] Gide）希望在《偽幣製造者》（*Les Faux-Monnayeurs*）的書末寫下：「或可待續」。作品原

13 *Le Mythe de Sisyphe*, p. 138.

本應非如此，就像這塊岩石，就像這道水流，就像這張臉孔，都是一種自己呈現的現在（présent），一如世界所有的現在。這部作品甚至沒有藝術家對他們作品要求的那種主觀必要性，他們會說：「我不能不寫這本書，我必須釋放這本書。」我們彷彿透過古典主義的太陽過篩，重新找到超現實的恐怖主義：藝術品只不過是從一段生命中撕落的一頁。作品當然有話要說：原本可以不說。而且，所有的事情都是等值等價的：寫《群魔》（*Les Démons*）和喝一杯牛奶咖啡。所以，卡繆先生不要求讀者關注他的作品，而作家為藝術奉獻生命，最希望的不外乎就是讀者的關注。《異鄉人》是他生命的一頁。而由於最荒謬的生命應該就是最貧乏的生命，他的小說企圖達到這種卓越的貧乏。藝術是種無用的施捨。聽到這話先別驚慌：在卡繆先生這種雙重矛盾的背後，我找到了康德（Kant）一些相當睿智的論述，講的是有關美這種「永無止盡的目的性」。無論如何，《異鄉人》大抵如此，與一段生命抽離，不被解釋，不印證什麼，貧乏空泛，瞬間即過，早已被它的作者拋棄，追求其他的現在。我們必須以此來理解這本書：就像作者與讀者兩個人突然在荒謬中，在理智外，心領神會。

以上的分析大致上為我們指出應該如何面對《異鄉人》的主人翁。如果卡繆先生寫的是一本宣傳主張的小說，他大可以一個一家之主的公務員為主角，這個公務員突然意識到人生的荒謬，掙扎一陣子，最終決定徹底接受這種荒謬的處境。這樣讀者或許也可像人物一樣接受，而且出於同樣的理由。或者他也可以向我們回溯一位荒謬聖徒的一生，就像他在《薛西弗斯的神話》中所列舉的這些聖人：唐璜、演員、征服者、創造者。而他偏偏就是不這麼做，而且即便對於已經熟悉荒謬理論的讀者，《異鄉人》的主人翁默爾索始終令人無所適從。當然，我們都很確定此人很荒謬，主要的特徵就是他清晰的思路。此外，不只從一處可看出，打造這個人物可以同步用來闡釋《薛西弗斯的神話》中的論點。比方說，卡繆先生在最後的作品中寫道：「男人要成為男人，不是靠一張嘴，而是靠他三緘其口。」而默爾索似乎就是這種男性緘默的例子，他拒絕用語言來辯解：「問他是不是注意到我性格陰沉，他只承認我生性沉默[14]。」正好，該段前面兩行，同一位對被告有利的證人就稱默爾索是個男子漢。「問他這話是什麼意思，他表示大家都知道這是什麼意

14 *L'Étranger*, p. 121.

思。」同樣的，卡繆先生在《薛西弗斯的神話》中大談愛情：「所謂愛情，」他寫道，「通常是透過眾人觀點，而且書本和神話也都要為這些觀點負責，愛情才將我們與某些人連結在一起[15]。」無獨有偶地，在《異鄉人》當中我們讀到這段話：「她問我愛不愛她。我回答她，這話沒什麼意義，不過好像是不愛[16]。」從這個觀點來說，法庭上的辯論，以及讀者內心的疑問：「默爾索是否愛他母親？」這疑問是雙重的荒謬。首先，就像律師說的：「到底他是被控葬了母親，或者是被控殺了人？」而且「愛」這個字是沒有意義的。的確，默爾索把他母親安置到療養院，因為他沒有錢照顧母親，「因為他們兩人已經無話可說」。

15 *Le Mythe de Sisyphe*, p. 102.
16 *L'Étranger*, p. 59.

也有可能，他不常去探望母親，「因為這樣會占用我的星期日——更別提還得花力氣到巴士站、買票、坐兩個小時的車。[17]」。但這意味著什麼？他不正是活在當下，活在當下的心情嗎？所謂的情感只是抽象的單位和間斷印象的意義。我不會無時無刻想著那些我愛的人，但我還是可以說我愛著他們，即使我沒有在想他們——即使沒有真正的、瞬間的情感，我還是可以因為某種抽象情感而心煩意亂。默爾索的想法與行動則異於他人：他不想要認識這些持續、彼此相同的偉大情感；對他而言，愛情不存在，甚至任何的愛情。只有現在，只有具體才重要。他真正有意願的時候，他會去探望他母親，就是這樣。如果意願夠強的話，他會

17 *L'Étranger*, p. 12.

願意去搭公車，因為這種具體的意願會有足夠的力量驅使這個麻痺的人雙腳動起來，跳上行進中的卡車。但是他總是用一種溫柔、稚氣的字眼稱呼母親「媽媽」，而且他也會試圖了解，設身處地為他母親著想。「關於愛情，我所知道的就是這種慾望、溫柔與智力的總和，讓我和某人連結在一起[18]。」因此，我們不能忽略默爾索個性中也有理論的部分。同樣地，他的許多經歷主要的原因都是要強調某一部分的荒謬性。例如，我們已經看過了，《薛西弗斯的神話》誇讚「死刑犯不受約束的特性，黎明時，監獄的門在他面前開啟[19]」。卡繆先生就是為了讓我們享受這道黎明，以及這種不受約束的特性，才把他的主人翁處以死

18 *Le Mythe de Sisyphe*, p. 102.
19 *Le Mythe de Sisyphe*, p. 83.

刑。卡繆先生讓他的人物說出這段話，「我那時怎麼會看不出來沒什麼比死刑處決更重要的了，總之，對一個人來說，這是唯一真正有意思的事！」我們可以再追加其他的例子和引言。然而，這個頭腦清晰、漠視一切、沉默寡言的男子，並非出於需要才被製造出來。當然，個性一旦勾勒出來，人物就會獨自完成。人物肯定有它自身的重量。只是說，他的荒謬性似乎不是獲取而來，而是一開始就給定：他就是這樣。故事尾聲，這個人物肯定會有他的啟發，但是一直以來，他都是活在卡繆先生的規範下。如果有一種荒謬的恩典，必須說他也有獲得恩典。他似乎從不探問那些《薛西弗斯的神話》中念茲在茲的問題。我們也看不出來，他在被判處死刑之前是個反抗者。他很幸福，每天這樣過生活，而他的幸福，似乎不曾遭遇過卡繆先生多次在他的散文中提到的隱忍的傷痛，這種痛苦來自死亡看不見的威脅。他的漠然甚至似乎經常是出於一種懶散，就像某個星期日，他純粹因為懶惰而待在家中，他坦言「有點無聊」。因此，即使在荒謬的眼光中，人物依然無法被看透。他不是荒謬的唐璜，荒謬的唐吉軻德，通常我們會以為是桑丘．潘薩[20]。他就在那裏存在著，而我們既無法全然了解他，也無法批判他；總之，他活著，唯獨小說厚度他使他出現在我們眼前，證實他的存在。

然而，不應把《異鄉人》看作是一部全然「無為」的小說。我們之前講過，卡繆先生區分了荒謬感和荒謬這個概念。他曾寫道：「就像偉大的作品，深刻的情感總是遠超過它所要表達的……深刻的情感有

20 譯註：Sancho Panza，唐吉軻德的隨從，頭腦簡單，個性憨直，曾跟隨主人四處歷險。

它自己的世界，華麗繽紛或是悲慘悽楚[21]。」接著他又說：「荒謬感並非荒謬的概念。荒謬感奠定了荒謬的概念，就是這樣。這種感覺是無法概述的……」我們或許可以說，《薛西弗斯的神話》試圖闡述這個概念，而《異鄉人》則要引發我們這個荒謬感。兩本書出版的順序更加證實了這個假設；《異鄉人》先出版，讓我們陷溺在「氛圍」中，不多做評論；散文後續出版，為我們照亮風景。然而，荒謬是分離，是落差。《異鄉人》或許就是一本落差、分離、置身異域的小說。小說的結構巧妙，就是來自這裡：一方面是直接體驗真實的日常與平淡無奇，另一方面則是透過人類理性與論述，將真實打造成具教義性質的內容。而讀者

---

21 *Le Mythe de Sisyphe*, p. 25.

一開始置身到這個純真實之中，不見得會在理性轉化的版本中辨識出這個真實。荒謬感又從這裡衍生出來，也就是說我們無法用我們的概念，用我們的文字去思索世界中的事件。默爾索埋葬他母親，交了一個女朋友，犯下罪行。這些不同的事實都會在訴訟中被證人敘述，由律師重新組織、解釋：默爾索會覺得他們好像在講另一個人的事情。劇情安排導向瑪麗突然爆發出來，她在證人席上，根據人類法則做了敘述之後，突然爆哭，哽咽說道：「事情不是這樣的，還有些別的情況，這不是她心裡所想的。」這種多重映鏡遊戲從《偽幣製造者》以來就廣為使用。卡繆先生獨特之處不在此。但是他為了解決問題，於是使用了一種獨到的形式：為了讓我們感受到律師的結論與謀殺真相的落差，為了讓我們讀完小說之後保留一種司法荒謬的印象，司法永遠無法理解也無法企及它所有懲罰的事實，必須先讓我們與真實接觸，或一部分的情況。但是，為了促成這樣的接觸，卡繆先生就像他筆下的律師，只有文字與概念；他必須拼湊想法，用文字描述這個文字前的世界。《異鄉人》的第一部分或可以近期一本書的書名為標題：《譯自沉默》（*Traduit du Silence*）[22]。我們在此觸碰到許多當代作家共同的問題，我在儒勒・何納（Jules Renard）的作品中最先看到這樣的問題；或許可稱為：不言的執迷。波朗先生（Paulhan）也在這種問題中看到文學恐怖主義的效應。這種效應可以有許多形式，從超現實主義的自動書寫到尚—雅克・伯納（J.-J. Bernard）的「沉默戲劇」。因為就像海德格所說的，沉默是語言

22 譯註：沙特提及的這本書是法國詩人喬・布斯凱（Joë Bousquet）在一九四一年出版的創作集。

最真實的模式。只有真正懂得講話的人才會緘默。卡繆先生在《薛西弗斯神話》中叨叨絮絮講著，甚至有點暢所欲言。然而他卻告訴我們他對沉默的喜愛。他引用了齊克果的話：「最可靠的沉默並非不說話，而是說話[23]」，而他自己又補充說，「男人要成為男人，並非靠講話，而是靠他三緘其口。」因此在《異鄉人》中，他竭盡所能「不講話」。可是要怎麼用文字「不講話」呢？要如何用概念傳達一連串混亂、無法成形的現在呢？這個難題促使他使用新的技巧。

這個技巧是什麼呢？有人跟我說：「這是用海明威來寫卡夫卡。」我必須說，我並沒有在書中找到任何卡夫卡。卡繆先生的看法全都是塵

23 *Le Mythe de Sisyphe*, p. 42. 我們也可以聯想到布萊絲・帕蘭（Brice Parain）的語言理論和他提出的沉默概念。

世、人間的，而卡夫卡是專寫「不可能的超驗」的小說家：對他而言，宇宙充斥著我們不懂的符號；布景是一回事，布景背後又是另一回事。對卡繆先生而言，人類悲劇在於沒有超驗：「我不知道這個世界是否有個超乎我理解的意義。但我知道我不會知道這個意義，此刻我不可能知道這個意義。超乎我處境的意義，這是什麼意思？我只能以人類的語言來理解。我能觸碰到的，對我會抵抗的東西，這就是我能懂的東西。」對卡繆先生來說，重點不在於找到文字的部署，讓人懷疑有一道不可解的非人類秩序：非人，這就是混亂，就是機械。在他的作品中，沒有什麼曖昧不明，令人焦慮的東西，沒有任何的暗示：《異鄉人》提供我們一連串光明的視野。如果這些景象讓人產生陌生感，那只是因為數量繁多，彼此又缺乏連結。明亮的早晨與晚上，炙熱難耐的午後，這就是小說常見的時辰；阿爾及利亞永恆的夏天，這就是小說的季節。夜完全沒有位置。作家提到夜，是這樣說的：「醒來時，我看見天上滿是星星。鄉間的聲響逕直傳到我耳中。夜晚的氣味、大地的氣味、海鹽的氣味讓我的太陽穴感到一陣清涼。這個沉睡的夏夜美妙的寂靜，像海潮一樣瀰漫我全身。[24]」會寫下這段文字的人與卡夫卡筆下的焦慮相去甚遠。在混亂之中，他感到靜謐無比；大自然固執的盲目肯定會令他不悅，但也令他感到慰藉，大自然的非理性只是負面：荒謬的人是個人文主義者，他只認識世界的良善面。

與海明威相提並論似乎更有收穫。兩人風格相似，再明顯不過。兩

24 *L'Étranger*, p. 158.

位作家行文都擅長運用短句。每個句子都拒絕之前延續下來的情感，每個句子都是重新開始。每個句子都像是一種姿態、物品的鏡頭。新的姿態，新的物品就要有新的句子。然而我卻無法就此滿足：美國式的敘述技巧肯定也幫了卡繆先生一個忙。就其本質來說，我很疑慮，這個技巧是否真的影響他。海明威就算在《午後之死》（*Mort dans l'après-midi*）這本不是小說的作品中，依然保有這種敘述斷續的模式，懂得讓每個句子透過呼吸急促的方式從虛無中提煉出來：他的風格就是他本人。我們已經知道，卡繆先生的風格不是如此，他的風格比較「隆重」。而且，在《異鄉人》中，他有時候會提高音調，句子的敘述方式變得更加寬廣，更具連續性：「在輕鬆的氛圍中，賣報紙的小販輕鬆的叫賣聲、小廣場上最後的鳥啼、賣三明治的小販的吆喝聲、電車在城中高處轉彎的嗚嗚聲，以及在港口落入黑夜之前天空中傳來的嘈雜聲，我默默地在心裡畫出了路線，我在入獄前就對這路徑非常熟悉[25]。」透過默爾索這段一氣呵成的敘述，我隱約看見一份寬闊的詩意散文，這應該是卡繆先生個人的表達手法。如果《異鄉人》明顯帶有美國式敘述技巧的痕跡，那是刻意借用的。在所有提供給他使用的工具中，卡繆先生選擇了最有利他達到目標的工具。我懷疑在接下來的作品中他還會繼續使用。

我們進一步檢視敘述的架構，更能發現運用的手法。「人也會散發出非人的氣息」，卡繆先生寫道，「在某些清醒的時刻，他們舉止的機械化面向，他們無意義的矯揉造作都使周遭一切變得愚蠢[26]。」這便

25 *L'Étranger*, p. 128.
26 *Le Mythe de Sisyphe*, p. 29.

是首先要表達的：《異鄉人》將我們突然帶入一個「人類的非人性面產生的不安」之中。但哪些特殊的情況可以引發我們內心的不安呢？《薛西弗斯的神話》提供一個例子：「一個人在玻璃隔板後方打電話，我們聽不見他講的話，但看得見他無意義的手勢。於是我們就試想他為何活著[27]。」這下我們就明白了，甚至再清楚不過了，因為這個例子可以讓我們看出作者某種成見。的確，打電話的人，他的行為舉止，你聽不見，這只是相對的荒謬。那是因為這個姿勢被放在一個截斷的線路中。打開門，側耳傾聽，線路又重新接上了，人的行為又找回意義。因此，如果要誠實一點，我們必須說，只有所謂的「相對的荒謬」，而且是相

27 *Le Mythe de Sisyphe*, p. 29.

對於「絕對的合理」來說。可是這裡不是要講誠實的問題，這裡要探討的是藝術。卡繆先生的手法完全被找到了：在他所講述的這些人物與讀者之間，他裝上了一道玻璃隔板。事實上，有什麼比在隔板後方的人更顯得荒謬滑稽的了？那塊玻璃可以讓一切暢行無阻，只有一個東西被攔阻了，姿勢的意義。其餘還能做的就是選擇玻璃：那就是《異鄉人》的意識。的確，意識是透明的，我們可以看到意識所看到的一切，只是這道意識被打造的讓我們可以看見物品，但無法識別其中的意義：

「從這時候起，一切都進行得很快速。那四個人拿著一塊布走向棺木，將布覆蓋在棺木上。神父、唱詩班的孩子、院長和我都走了出去。在門口，有一位我不認識的女士。『這位是默爾索先生。』院長介紹著。我沒聽見這位女士的名字，只知道她是護士代表。她點了點頭，瘦骨嶙峋的長臉上沒有一絲笑容。接著我們全都讓到一邊，好讓棺木通過[28]。」

有人在玻璃後方跳舞。在他們與讀者之間，隔著一道意識，幾乎沒有東西，它是一種純粹透明性，純粹的被動性，將所有的事件都記錄下來。只是把戲開始進行了：正因為意識是被動的，所以它只記錄一些事實。讀者並沒有察覺到這個屏障。這樣的敘述究竟意味著什麼前提呢？總之，原本是富於旋律的組合，變成了諸多元素的加總，然後宣稱一系列的運動與作為整體的動作是完全一致的。這不正是一種分析的公設，聲稱所有的真實都可以化為元素的總和？然而，如果分析是科學的

28 *L'Étranger*, p. 23.

工具，它也是幽默的工具。如果我要描寫一場橄欖球賽，而我這麼寫：「我看見一群穿短褲的成年人相互激鬥，撲倒在地，為了要把一顆皮製的球丟過木樁」，我把我看到的一切說出來。可是我刻意不提這當中的意思：我在要幽默。卡繆先生的敘述是分析性的，也是幽默式的。他撒謊——就像所有藝術家——因為他宣稱赤裸裸釋出一段經驗，但卻狡詐地過濾掉也屬於這個經驗所有具意義的連結。古代的休謨就是這麼認為，他認定在經驗中只有孤立分離的印象。今日美國新寫實派也是這麼主張，他們否定說現象之間有外在的關係。與他們對立，當代哲學已經證實意義也是即刻的素材。但講這些可能讓我們扯太遠。我們只要指出荒謬者的世界就是新寫實主義者分析式的世界。文學上這種手法也屢見不鮮：這是《天真人》（*L'Ingénu*）或《小大人》（*Micromégas*）[29]的手法；這也是《格列佛遊記》（*Gulliver*）的手法。因為十八世紀也有異鄉人——一般而言都是一些良善野蠻人，他們被帶到了一個陌生的文明中，看得到眼前的景物，但還無法知悉其中意義。這個落差引發的效果不正是在讀者心中引發荒謬感嗎？卡繆先生似乎多次回想起這些文學作品，特別是當他描寫主人翁在思索自己坐牢的原因時[30]。

然而，正是這個分析式手法解釋了《異鄉人》中美國式敘述技巧的使用。在我們道路盡頭的死亡讓我們的未來化為煙霧消失，讓我們的生命變得沒有明天，這是一連串的現在。這不正是要說，荒謬者把分析的

29 譯註：這兩本書都是十八世紀法國作家伏爾泰（Voltaire）的哲理小說。
30 *L'Étranger*, 103, 104.

精神運用在時間上嗎？柏格森主張的是不可拆解的整體，而荒謬者的眼睛只看到一連串的現在。最終要靠彼此不相通的瞬間多元性來使人注意到生命的多元性。作者從海明威那邊借來的，是斷續句子的不連續性，句子的不連續性則又模仿時間的不連續性。現在，我們能夠更加理解卡繆先生敘述的裁切手法：每個句子都是一個現在。但不是模糊的現在，不是會留痕跡的現在，不會與接下來的現在延續的現在。句子清清楚楚，不拖泥帶水，封閉於自身；句子與下一個句子由一個虛無所分開，就像笛卡兒的瞬間與接著而來的瞬間彼此分開。在每個句子與下個句子之間，世界瓦解又重生：話語每次升起時，就是一種從虛無中的創造；《異鄉人》的句子就是一座島嶼。而我們在句子與句子之間跳躍，在虛無與虛無之間跳躍。

為了強調每個句式單位的孤立性，卡繆先生選擇使用過去完成式來敘述。簡單過去式是一種延續性的時態：Il se promena longtemps.（他散步散了很久。）這句話指涉了一個愈過去式和一個未來式；句子的真實在於動詞，在於動作，有其及物性與超驗性。Il s'est promené longtemps.（他散步散了很久。）則掩蓋了動詞的動詞性；動詞被截斷，斷成兩半：一邊是過去分詞，已經完全失去超驗性，毫無生氣就像一個物品。另一邊則是動詞être，作用是助動詞，連接了過去分詞以及作為主詞謂語的名詞；動詞的及物特性完全消失殆盡，句子變得僵硬；句子的真實如今變成了名詞。不但無法充當橋梁連接過去與未來，句子只不過是孤立的小單位，自給自足。如果把句子盡可能簡化成一個主要子句，他的內在結構會變得極為簡單；凝聚力變得更高。真的是一個不可分割的東西，一個時間原子。當然，我們不會把句子之間組織起來，句子都是純粹並置一起；我們特別避開所有因果的連結，在敘述裡，因果的連結會導引出解釋，在瞬時間加入了一道不同秩序於純粹的連續。卡繆先生寫道：「後來她問我愛不愛她。我回答她，這話沒什麼意義，不過好像是不愛。她看來很難過。不過在做飯時，她動不動又笑起來，笑得我又吻了她。就在這時候，雷蒙那裡爆出了吵架的聲音。[31]」我們可以特別標出兩個句子，非常巧妙地在連續性的表面裡掩藏了因果關聯。如果一定必須在一個句子中影射之前的句子，我們會使用「和」、「不過」、「接著」、「就在這時候」，這些字詞的功用不外乎截斷、對立或純粹

31 *L'Étranger*, p. 51.

增加。這些時間單位的關係都是外在的，正如新寫實主義在物品之間建立的關係；真實自動顯現，而不是透過引導，消失而不是因為被破壞，世界崩解又重生隨著每個時間的脈動。但是不要以為世界會自行製造：它一動也不動。所有的活動都在於用可怕駭人的力量取代偶然那種令人心安的混亂。一個十九世紀的自然主義作家或許會這麼寫：「一座橋跨越河流。」卡繆先生拒絕這種擬人傾向，他會說：「小溪上方有一座橋。」因此，物品向我們顯示它的被動性。物品就在那裡，單純地，不被理會：「一旁有四位穿黑衣的男人。……在門口，有一位我不認識的女士。……在大門前停著一輛車……葬禮司儀站在車子旁邊[32]。」如果

32 *L'Étranger*, p. 23.

是何納，他可能會寫：「母雞孵蛋」。卡繆先生和許多當代作家可能會寫：「有一隻母雞，牠在孵蛋。」因為他們喜愛物品本身，他們不想要讓物品溶解在時延的流淌中。「有水」：這便是一小撮的永恆，被動、無法穿透，無法相通，波光粼粼。如果能夠觸碰，那是感官上的享受呀！對於荒謬的人來說，這便是世上唯一的寶藏了。這便是為什麼小說家不愛一個組織過的敘述，而偏愛這些沒有明天的小火花發出的亮光，每一次都是一場歡樂：這便是為什麼卡繆先生寫《異鄉人》的時候認為自己並沒有講話：他的句子不屬於話語的世界，沒有什麼細微分支衍生，也沒有延伸，沒有內在結構；他的句子或可用梵樂希（[Paul] Valéry）的〈風精〉（*Sylphe*）來形容：

無形也無蹤
露胸的剎那
換襯衫的傾刻

他的句子恰好可以用沉默直覺的時間來衡量。

在這些處境中，我們能提出一個整體，並說卡繆先生的小說即是這個整體嗎？他書中所有的句子都是均等的，就像荒謬的人所有的經驗都相同；每個句子都為自己存在，將其他的句子都拋到虛空之中；但也因此，除了少數時候作者背棄自己的原則寫起詩來，沒有一個句子能從其他句子做成的背景中特出。對話也都納入敘述中：的確，對話是解釋的時刻，意義顯現的時刻；賦予對話一個優厚的位置，這就等於是認定意思是存在的。卡繆先生把對話裁剪、簡化，通常用間接語法來處理對話，不用特別的印刷符號標出對話，以致講出來的句子彼此相似，瞬間閃著亮光又消逝，就像一陣暑氣，像聲音，像氣味。因此，當我們開始閱讀此書，我們似乎不是在面對一本小說，而是一段平淡無奇的旋律，一首阿拉伯人以濃濃的鼻音唱出的曲調。我們幾乎也可以說，這本書就像庫特林（Courteline）說的那種曲調，「一去不復返」，不悉何故，突然又停止。但是作品會在讀者面前逐漸自行組織，顯露出在底層支撐的結構。沒有一個細節是無用的，沒有一個細節不在後續再度派上用場，轉變成論點；接著，書闔上之後，我們恍然大悟，小說只能以這種方式起頭，以這種方式結尾：在這個被認為荒謬的世界，且因果意義已經被精心撤除，最細微的意外都有其重量；沒有一個意外不導致主人翁犯下罪行，最後被送上斷頭臺。《異鄉人》是一部古典作品，一部秩序的作品，關於荒謬，也與荒謬對立。這就是作者所要的嗎？我不知道；我只是提出讀者的意見。

要如何給這部作品分類呢？既生硬又俐落，表面上混亂實際上卻是結構縝密，如此非人性，然而一旦掌握了作品之鑰卻又變得不再那麼晦澀神祕。我們不能稱呼這本作品為敘述：敘述要解釋、組構，隨著它回溯，用因果鏈結取代時間順序。卡繆先生將此書稱為小說。然而小說需要有延續的時間，一段演變，時間不可逆轉的明顯存在。要稱呼這一連串無活力的當下為小說，我也不無猶豫，這樣一連串的當下讓人看見一座築起的高臺內部的機械結構。或者這就只是和《查第格》（*Zadig*）和《憨第德》（*Candide*）一樣，是一本道德家篇幅較短的小說，書中不乏機靈的諷刺和滑稽的肖像速寫。這本小說雖有德國存在主義者和美國小說家的加持，本質上卻依然不脫伏爾泰的哲學小說。

【附錄】

卡繆年表

一九一三　十一月七日，阿爾貝．卡繆出生於法屬阿爾及利亞的蒙多維（Mondovi，現為德雷安）。

一九一四　第一次世界大戰爆發，父親呂西安．卡繆（Lucien Camus）被徵召入伍，於法國陣亡。

一九二四　在小學老師哲曼（Louis Germain）的鼓勵下，獲得獎學金，後進入阿爾及爾中學就讀。

一九三〇　就讀阿爾及爾大學。罹患肺結核。在哲學老師葛尼葉（Jean Grenier）的引導下，對古希臘哲學及尼采留下深刻印象。

一九三四　與西蒙妮．葉（Simone Hié）結婚，後因關係不忠離婚。

一九三五　加入法國共產黨，後離開。

一九三六　拿到學士學位，學位論文為《論柏羅丁與聖奧古斯丁的古希臘及基督思想之關係》（*Rapports de l'hellénisme et du christianisme à travers les oeuvres de Plotin et de saint Augustin*）。

因曾罹患肺病，不得參加大學教師資格考試。

加入阿爾及利亞共產黨，並組織工人劇院（Théâtre du Travail）。

一九三七 被開除黨籍。他將工人劇院改名為團隊劇院（Théâtre de l'Equipe）。

散文集《反與正》（*L'Envers et l'Endroit*）由阿爾及爾出版人愛德蒙·夏洛特（Edmond Charlot）出版。

一九三八 在《阿爾及爾共和報》（*Alger Républicain*）擔任記者。完成戲劇《卡里古拉》（*Caligula*）。散文集《婚禮》（*Noces*）出版。

一九三九　第二次世界大戰爆發，自願從軍，卻因病被拒絕。

一九四〇　搬到巴黎，並於《巴黎晚報》（*Paris-Soir*）擔任記者。後因希特勒進軍巴黎，搬回阿爾及利亞。與法蘭絲・佛瑞（Francine Faure）再婚。

一九四一　加入地下刊物《戰鬥報》（*Combat*）。

一九四二　回到巴黎。小說《異鄉人》（*L'Etranger*）、《薛西弗斯的神話》（*Le Mythe de Sisyphe*）出版。

一九四三　結識沙特（Jean-Paul Sartre）和西蒙・波娃（Simone de Beauvoir）。

一九四四　劇作《誤會》（*Le Malentendu*）出版。

一九四五　二戰結束。擔任《戰鬥報》總編輯。《卡里古拉》首演。
一九四七　離開《戰鬥報》。小說《鼠疫》（*La Peste*）出版。
一九四八　劇作《戒嚴》（*L'État de Siège*）出版。
一九四九　劇作《正義者》（*Les Justes*）出版。
一九五一　散文集《反抗者》（*L'Homme révolté*）出版。
一九五四　散文集《夏天》（*L'Été*）出版。
一九五六　小說《墮落》（*La Chute*）出版。劇作《修女安魂曲》（*Requiem pour une nonne*）發表，改編自威廉．福克納（William Faulkner）的同名小說。
一九五七　短篇故事集《流放與王國》（*L'Exil et le Royaume*）出版。獲得諾貝爾文學獎。

一九五九　劇作《附魔者》（*Les Possédés*）發表，改編自杜斯妥也夫斯基的同名小說。

一九六〇　一月四日在前往巴黎的路上車禍身亡。

過世後

一九七一　小說《快樂的死》（*La Mort heureuse*）出版。

一九九四　未完成小說《第一人》（*Le Premier homme*）出版

異鄉人
L'Etranger

作　　者　卡繆（Albert Camus）
譯　　者　邱瑞鑾
封面設計　莊謹銘
內頁排版　高巧怡
行銷企劃　蕭浩仰、江紫涓
行銷統籌　駱漢琦
業務發行　邱紹溢
營運顧問　郭其彬
責任編輯　劉文琪
總 編 輯　李亞南
出　　版　漫遊者文化事業股份有限公司

地　　址　台北市103大同區重慶北路二段88號2樓之6
電　　話　(02) 2715-2022
傳　　真　(02) 2715-2021
服務信箱　service@azothbooks.com
網路書店　www.azothbooks.com
臉　　書　www.facebook.com/azothbooks.read

營運統籌　大雁文化事業股份有限公司
地　　址　新北市231新店區北新路三段207-3號5樓
電　　話　(02) 8913-1005
傳　　真　(02) 8913-1056
初版一刷　2022年3月
初版五刷 (1)　2024年5月
定　　價　台幣280元

ISBN　978-986-48942-3-9

國家圖書館出版品預行編目 (CIP) 資料

異鄉人 / 卡繆(Albert Camus) 著；
邱瑞鑾譯. -- 初版. -- 臺北市：漫遊者文化事業股份有限公司出版：大雁文化事業股份有限公司發行,
2022.03
面；　公分
譯自：L'Etranger
ISBN 978-986-489-423-9(平裝)
876.57　　109022368